शिवानी

प्रख्यात कथाकार शिवानी का जन्म 17 अक्तूबर, 1923 को विजयादशमी के दिन राजकोट, गुजरात में हुआ।

शिवानी की पहली रचना अल्मोड़ा से निकलनेवाली 'नटखट' नामक एक बाल-पत्रिका में छपी थी। तब वे मात्र बारह वर्ष की थीं। इसके बाद वे मालवीय जी की सलाह पर पढ़ने के लिए अपनी बड़ी बहन जयंती तथा भाई त्रिभुवन के साथ शान्तिनिकेतन भेजी गईं, जहाँ स्कूल तथा कॉलेज की पत्रिकाओं में बांग्ला में उनकी रचनाएँ नियमित रूप से छपती रहीं। गुरुदेव रवीन्द्रनाथ टैगोर उन्हें 'गोरा' पुकारते थे। उनकी ही सलाह कि हर लेखक को मातृभाषा में ही लेखन करना चाहिए, शिरोधार्य कर उन्होंने हिन्दी में लिखना प्रारम्भ किया। शिवानी की पहली लघु रचना 'मैं मुर्गा हूँ' 1951 में 'धर्मयुग' में छपी थी। इसके बाद आई उनकी कहानी 'लाल हवेली' और तब से जो लेखन-क्रम शुरू हुआ, उनके जीवन के अन्तिम दिनों तक अनवरत चलता रहा। उनकी अन्तिम दो रचनाएँ 'सुनहुँ तात यह अकथ कहानी' तथा 'सोने दे' उनके विलक्षण जीवन पर आधारित आत्मवृत्तात्मक आख्यान हैं।

1979 में शिवानी को 'पद्मश्री' से अलंकृत किया गया। उपन्यास, कहानी, व्यक्ति-चित्र, बाल उपन्यास और संस्मरणों के अतिरिक्त, लखनऊ से निकलनेवाले पत्र 'स्वतंत्र भारत' के लिए शिवानी ने वर्षों तक एक चर्चित स्तम्भ 'वातायन' भी लिखा। उनके लखनऊ स्थित आवास—'66, गुलिस्ताँ कालोनी' के द्वार लेखकों, कलाकारों, साहित्य-प्रेमियों के साथ समाज के हर वर्ग से जुड़े उनके पाठकों के लिए सदैव खुले रहे।

निधन : 21 मार्च, 2003; दिल्ली।

शिवानी

स्वयंसिद्धा

राधाकृष्ण पेपरबैक्स

राधाकृष्ण पेपरबैक्स में
पहला संस्करण : 2007
सातवाँ संस्करण : 2023

राधाकृष्ण पेपरबैक्स : उत्कृष्ट साहित्य के जनसुलभ संस्करण

राधाकृष्ण प्रकाशन प्राइवेट लिमिटेड
जी-17, जगतपुरी, दिल्ली-110 051
द्वारा प्रकाशित

शाखाएँ : अशोक राजपथ, साइंस कॉलेज के सामने, पटना-800 006
पहली मंजिल, दरबारी बिल्डिंग, महात्मा गांधी मार्ग, प्रयागराज-211 001
वेबसाइट : www.radhakrishnaprakashan.com
ई-मेल : info@radhakrishnaprakashan.com

बी.के. ऑफसेट
नवीन शाहदरा, दिल्ली-110 032
द्वारा मुद्रित

मूल्य : ₹199

SWAYAMSIDDHA
Stories by Shivani

ISBN : 978-81-8361-116-9

क्रम्

स्वयंसिद्धा

जानबूझकर ही माधवी ने उस बार उस मनहूस तराई स्थित इलाके का दौरा किया था। मन की कितनी अशान्त तरंगों को आज वह स्वयं उस कछार पर पटकने को व्याकुल हो उठी थी। नहीं तो भला भरी गर्मी में हलद्वानी का दौरा कोई उस जैसी वरिष्ठ अफसर कर सकती थी? जाना ही होता तो नैनीताल चली जाती, या रानीखेत, या अल्मोड़ा! पूरा उत्तराखंड ही तो अब उसकी मुट्ठी में बन्द था। पद के गौरव ने इधर उसके अहंकारी स्वभाव को और भी अहंकारी बना दिया था। कहीं पढ़ा कि भारत के भूतपूर्व वायसराय माउण्टबेटन जब भी भारत आते हैं, उस कमरे में एकान्त के कुछ क्षण अवश्य बिताते हैं, जहाँ उनकी एडविना से प्रथम प्रणयस्मृति भी क्या आज उसे यहाँ नहीं खींच लाई थी? किन्तु चाहने पर भी वह क्या आज उस कमरे की देहरी लाँघ पा रही थी?

"मेम साहब, चाय ले आऊँ?" इंस्पेक्शन हाउस के उत्साही चपरासी ने पर्दा उठाकर झाँका और वह चौंक पड़ी। एक क्षण को चेहरे पर उतर आई मधुर स्मृतियों की रेखाएँ विलुप्त हो गईं। एक बार वह रूखी, कर्मठ रौबदार अफसर बन गई—"हाँ-हाँ, जल्दी ले आओ, हमें बाहर जाना है।"

चपरासी के जाते ही उसने हाथ-मुँह धोया और दर्पण के सम्मुख खड़ी हो गई। बड़ी ममता से उसने अपने क्लांत-अवसन्न चेहरे को देखा। इधर-ही-इधर कितनी नई रेखाओं का जाल चेहरे पर फैल गया था। चश्मा उसने नीचे रख दिया। पूरे चेहरे पर पफ फेरा। बाल खोलकर कंघी की, जूड़ा बनाया और एक बार फिर अपने सँवरे प्रतिबिम्ब को देखा।

"चाय आ गई, सरकार!' मनहूस गँवार चपरासी ने उसे एक बार फिर चौंका दिया। अपना चपरासी होता, तो बिना पूछे कमरे के अन्दर ऐसे चले

आने के लिए वह उसकी खाल खींच लेती।

"रख दो, और हमारे ड्राइवर से कह दो, गाड़ी निकाल ले।" एक प्याली चाय ने उसे चैतन्य किया और वह बटुए से उसी मुड़ी-तुड़ी चिट्ठी को निकालकर फिर पढ़ने लगी, जिसे पिछले चार दिनों में वह न जाने कितनी बार पढ़ चुकी थी। बीस वर्षों में उसके पिता का यह पहला पत्र था :

"माधवी,

तुमसे कुछ कहने का अब अधिकार नहीं रहा। फिर भी, कर्तव्यवश, आज तुम्हें लिखना जरूरी हो गया। मैंने तुम्हारा कन्यादान किया था। तुम्हारे उस श्लोक की आवृत्ति का साक्षी मैं भी हूँ, 'आर्ते आर्ता भविष्यामि सुखदुःखानुगामिनी।' आज कौस्तुभ मृत्युशय्या पर है। इसी से तुम्हारे कर्तव्य से, तुम्हें अवगत कराना अपना भी कर्तव्य समझता हूँ।

—शिवदत्त"

नीचे 'पुनश्च' लिखकर उसके पिता ने कौस्तुभ के मकान का पता, टेलीफोन नम्बर, सबकुछ लिख दिया था। अभिमान से माधवी की आँखें छलछला आईं। न आशीर्वाद, न क्षेम-कुशल, न तुम्हारा पिता, केवल शिवदत्त! किन्तु यही उनसे अपेक्षित था। अपनी जिद, स्वाभिमान उसने पिता से ही विरासत में पाया था। जब उन्होंने आधी रात को अन्धकार में द्वार पर खड़ी पुत्री को बाहर ठेलकर कहा था, 'निकल जा बाहर, आज से न तू मेरी पुत्री, न मैं तेरा पिता,' तो जिस जननी को उसने देखा भी नहीं था, उसके लिए वह वहीं पर बैठकर थोड़ी देर तक सिसकती रही थी। आज उसकी माँ जीवित होती, तो क्या उसे ऐसे बाहर ठेलकर द्वार बन्द कर देती? किन्तु अपने दुर्वासा-से क्रोधी पिता को वह जानती थी। वह द्वार अब सचमुच ही उसके लिए बन्द रहेगा, वह जान गई थी। आज तक उसने जीवन में कभी किसी से हार नहीं मानी थी। ठीक है, वह भी पिता को एक दिन दिखा देगी कि वह स्वयं भी अपने पैरों पर खड़ी हो सकती है। इसके बाद वह कब और कैसे मौसी के पास नैनीताल पहुँची, सबकुछ उसे कल की घटी घटना की भाँति कण्ठस्थ था। वहाँ भी उसे पितृगृह का-सा ही तिरस्कार मिला था। उसकी स्नेहशीला सौम्य मौसी का चेहरा उसे देखते ही कठोर हो गया। 'छि-छि, मधुली, तूने तो हम सबकी नाक ही कटा दी! ऐसा तो आज तक कभी नहीं सुना। पूरे शहर में तेरी ही चर्चा है। जहाँ जाती हूँ, सब मुझसे ही पूछने लगते

हैं—सुना है, तुम्हारी बहन की लड़की शादी के दूसरे दिन ही पति से लड़-झगड़कर मायके भाग गई—और फिर ऐसा कार्तिकेय-सा वर, स्वभाव का गऊ—सबकुछ देख-सुनकर ही तो हम सबने तेरे लिए उसे छाँटा था। क्या किसी दूसरे छोकरे से प्रेम-व्रेम कर बैठी थी?'

माधवी बिना कुछ कहे ही वहाँ से चुपचाप निकल गई थी। फिर उसकी निरुद्देश्य यात्रा का एक लम्बा इतिहास था। मद्रास में उसकी एक सहपाठिनी थी—रेचल एंड्रूज। अन्त में वहीं जाकर उसे शान्ति मिली थी। न वहाँ उसे ससुराल से भाग आने की कैफियत देनी पड़ी, न किसी ने अनावश्यक प्रश्न ही पूछे। रेचल के परिवार ने उसे स्वाभाविक-सहज सौजन्य से अपना लिया। रेचल एम.ए. कर रही थी। उसके पिता ने माधवी को एक बार फिर उसकी सहपाठिनी बना दिया। उसकी प्रखर बुद्धि फिर उसे उत्तरोत्तर प्रगति के पथ पर खींचती चली गई। उन्हीं की मन्त्रणा से वह कंपिटीशन में बैठी और एक दिन उसके 'स्वयंसिद्धा' बनने का स्वप्न सचमुच साकार हो गया। अब वह स्वयं अपने पैरों पर खड़ी थी। अतीत की स्मृति अब गहन निद्रा में देखे गए किसी धूर स्वप्न की ही भाँति अस्पष्ट हो चली थी, तब ही नौकरी उसे एक बार फिर जन्मभूमि की ओर खींच आई। पिता को उसने प्रवास से ही दो-तीन पत्र लिखे। मौसी को भी कई चिट्ठियाँ लिखीं, किन्तु किसी ने भी उत्तर नहीं दिया। फिर भी, उसे इधर-उधर से छुटपुट समाचार मिलते रहते थे।

पिता ने अवकाश ग्रहण कर बहुत बड़ी कोठी बनवा ली थी। पक्षाघात ने उन्हें लगभग पंगु बना दिया था। पति ने दूसरा विवाह कर लिया था। मौसी की एक दुर्घटना में मृत्यु हो चुकी थी, आदि-आदि। धीरे-धीरे, वह अपने एकाकी निर्लिप्त जीवन की अभ्यस्त हो चुकी थी। आत्मीय स्वजनों के मोह की डोर कुछ उन्हीं की उदासीनता ने काट दी थी और कुछ उसने स्वयं ही बड़ी निर्ममता से तोड़-मरोड़कर दूर फेंक दी। उसकी बहुत ऊँची नौकरी थी, अर्दली थे, आया थी, सजा-सँवारा बँगला था, कार, फ्रिज, स्टीरियो—सबकुछ उसके करतल पर था, किन्तु नहीं थी शान्ति। कैसा व्यर्थ जीवन बन गया था उसका! न कहीं उठना, न बैठना, न लड़ना, न झगड़ना। मित्रों की संख्या कम नहीं थी, किन्तु कभी-कभी उनका स्वार्थ उसके दुखी चित्त को और दुखी बना जाता। केवल उपहारों के माध्यम से ही वह अब तक उनका स्नेह पाती रही है, यह वह खूब समझती थी। एक-आध स्नेही परिवार उसे कभी-कभार छुट्टी

के दिन खाने पर भी बुला लेते। किन्तु खाना खाते ही उसे स्वयं लगने लगता, जैसे उसकी उपस्थिति में गृह के सभी सदस्य स्वाभाविक नहीं हो पा रहे हैं। लौटती, तो फिर कमरे का अवांछनीय एकान्त! उस एकान्त में कभी उसके अभिशप्त अतीत की स्मृति उसे गहरे पश्चात्ताप में डुबा देती। क्या उसने स्वयं ही अपने पैरों पर कुल्हाड़ी नहीं मार ली थी? यह भी कैसा विचित्र संयोग था कि आज ठीक उसके विवाह की तिथि के दिन ही उसे पिता का मनहूस पत्र मिला था। इतने वर्षों का अन्तराल भी उसके स्मृतिपटल से उस तिथि को पोंछ नहीं पाया था। मौसी ने पहले कितना हल्ला मचाया था—नहीं, आषाढ़ में माधवी का विवाह नहीं होगा--आषाढ़ का विवाह सुखी नहीं होता। 'आषाढ़े 'दुःखिता नारी' किन्तु उधर वर को यही महीना ठीक पड़ता था। पिता के तय किए रिश्ते पर स्वयं माधवी को कोई आपत्ति हो भी नहीं सकती थी। कौस्तुभ को वह अपनी मौसेरी बहन की शादी में देख चुकी थी। ऊँची काठी के उस सुदर्शन तरुण पर उस दिन अकेली वही नहीं रीझी थी, किन्तु विजय उसी की हुई थी। बड़े छल-बल से, उस दिन, उस विवाह की आड़ में, अनेक कुमारियों को दिखाने, कौस्तुभ की माँ उसे स्वयं लेकर आई थीं। कौस्तुभ के पिता स्वयं दैवज्ञ मार्त्तण्ड थे। अनेक कुण्डलियों में उसने माधवी की कुण्डली जैसे दाँत से पकड़कर उठा ली थी।

वाह-वाह, जोशीजी, आपकी पुत्री की ग्रहस्थिति देखकर चित्त प्रसन्न हो गया। गुरु, शुक्र, बुध, चन्द्रमा चारों ही लग्न में हैं। जीवन में विलक्षण उन्नति करेगी। सुख, ऐश्वर्य, पूर्ण वाहन सुख, उस पर बुध और चन्द्र दोनों बलकारक। अपूर्व सुन्दरी होगी यह कन्या! उस कुण्डली की स्वामिनी मेरी पुत्रवधू बने, यह मेरा अहोभाग्य!

किन्तु कहाँ चूक गए थे दैवज्ञ मार्त्तण्ड? जीवन में उसने विलक्षण उन्नति भी की, ऐश्वर्य भी भोग ही रही है और उस घातक सौन्दर्य की स्वामिनी भी रही है, जो कभी उसकी नौकरी का सबसे बड़ा सिरदर्द बन गया था। किन्तु उसके राजयोग के साथ-साथ उसके राजभंग योग को उसके ससुर क्या नहीं देख पाए होंगे?

विदा से पूर्व ही तो उसे वह पत्र मिल चुका था, जिसने उसके राजयोग की धज्जियाँ उड़ा दी थीं।

"बड़ी भूल कर रही हो 'माधवी,' जिसकी सोने की काया पर रीझ, दुल्हन

बनी उतावली डगें भरती जा रही हो, वह काया तुम्हें कभी सपने में भी नसीब न हो, इसका मैंने टोना-टोटका, अनुष्ठान सबकुछ किया है। माधवी! अपने रूप के मद में मत रहना, उससे भी अधिक घातक रूप की वारुणी पिलाकर मैं तुम्हारे पति को बहुत पहले ही मदालस बना चुकी हूँ।

—तुम्हारी ही, राधिका"

क्रोध से माधवी की पूरी देह थरथरा उठी थी। कौन थी वह राधिका? एक बार जी में आया, चिट्ठी उठाकर मौसी को दिखा दे। किन्तु मौसी का उत्फुल्ल चेहरा देख उसे मलिन करने का साहस नहीं हुआ था। उसने उस चिट्ठी को ब्लाउज में खोंस लिया था। ससुराल पहुँचते ही दुर्भाग्य से उसका घूँघट उठा, पहले-पहल उसका चेहरा देखनेवाली भी वही राधिका थी।

'कहो जी, मेरी चिट्ठी मिली थी ना?' फुसफुसाकर वह फिर खिलखिलाती दूर छिटक गई थी। पूजा के बाद, सास उसे गावतकिया लगाकर बिठा गई, तो क्षण-भर के उस एकान्त में, वह सुन्दरी चुलबुली फिर उसे घेरकर बैठ गई।

'सचमुच ही मैं तुम्हारी सौत हूँ, माधवी! आज रात को अपने पलंग पर हमारे लिए भी जगह रखना, समझी?'

क्रोध से सम्भ्रांत-शिष्ट माधवी के कपोल दग्ध हो उठे थे। कैसी बेहया थी यह अपरिचिता! फिर जीवन की उस अविस्मरणीय रात्रि के एकान्त में, जब पति ने उसका चिबुक स्पर्श कर चेहरा उठाया, तो दिन-भर का आक्रोश, सिसकियों में फूट पड़ा था। मुड़ी-सी चिट्ठी उसने पति को पकड़ा दी और घुटनों में सिर डालकर सिसकने लगी। यह उसी मधुयामिनी का आरम्भ था जिसके उसने कई रातों तक जग-जगकर मधुर सपने देखे थे!

कुछ देर तक कमरे में एक विचित्र निस्तब्धता छा गई। 'माधवी!' आज भी माधवी उस गम्भीर स्वर की खनक को भूल नहीं पाई है।

'तुम पढ़ी-लिखी हो, किसी से कुछ उल्टा-सीधा सुन लो, इससे सच बात मैं ही तुम्हें बताऊँगा, यह मैंने सोच लिया था। इस बीच वह वज्रमूर्खा तुम्हें अंडबंड लिख देगी, यह मैं क्या जानता था?' फिर उसने बड़े दुलार से, घुटनों में डूबा माधवी का अश्रुसिक्त चेहरा उठाया था—'मेरी ओर देखो माधवी!'

और माधवी की सहमी आँखें स्वयं उसकी ओर उठ गई थीं। उस सुदर्शन, शान्त चेहरे पर विकार की एक भी रेखा नहीं थी। केवल एक क्षण को उसका गोरा चेहरा दिवस-धूसर शशि-सा ही म्लान हो उठा था—'राधिका को मैं बचपन

से जानता हूँ। उसका स्वभाव ही ऐसा है। बिना कुछ सोचे-समझे, ऐसे ही ऊटपटाँग मजाक कर बैठती है। उसकी किसी भी बात का विश्वास मत करना, माधवी!'

'किस-किस बात का अविश्वास करोगी, जी?' गले में लहरिया जयपुरी चूनर का आँचल डाले, तभी अभियुक्ता खुली खिड़की से जंगली बिल्ली-सी भीतर कूद कौस्तुभ के सामने खड़ी हो गई थी। उत्तेजना से उठता-गिरता उसका सुडौल वक्षस्थल, अंगारे-से दहकते कपोल और तरंगित भ्रूभंग देख माधवी ने अविश्वास से अपने नवीन सहचर को देखा। उस शान्त-निर्विकार चेहरे पर कहीं भी अपराधी का क्षोभ नहीं था। तब क्या वह सचमुच ही मजाक कर रही थी? किन्तु क्या उसके अभिनय को वह अभिनय रूप में स्वीकार कर सकती थी?

'तुम मुझे काटकर बाहर फेंक दोगे, तब भी मैं यहाँ से नहीं टलूँगी आज। जो सहारा मेरा है, वह हमेशा मेरा रहेगा—समझे?' और फिर वह दुःसाहसिनी, बड़े आत्मविश्वास से, पैर फैलाकर, सजे पलँग पर लेट गई थी। माधवी सम्भ्रांत, संस्कारशील परिवार की मान्यताओं में पलकर बड़ी हुई थी। उस पर मातृहीना पुत्री को पिता के लाड़, मौसी-मामा के दुलार ने आवश्यकता से अधिक जिद्दी बना दिया था। जीवन में पहली बार वह अपमान के आघात से विचलित हो, विवश क्रोध से अवश हो गई थी। अब उस परिहासरसिका के अभियोग का खण्डन क्यों नहीं कर रहा था कौस्तुभ?

एक क्षण को वह पति के निर्विकार चेहरे को देखती रही, फिर उसका उग्रतेजी स्वभाव मुखर हो उठा—'तुमने इसी से विवाह क्यों नहीं कर लिया?' उसका तीखा प्रश्न कमरे की निस्तब्धता में डंके की चोट-सा बज उठा था।

'हाय राम! विवाह करने ही से क्या सबकुछ होता है?' इस बार शय्यासन की अचल मुद्रा में लेटी वह मुँहजोर बैठकर हँसने लगी थी—'विवाह करते कैसे जी? मेरा विवाह तो चार साल पहले ही हो चुका है। मेरे बुड्ढे शाहजी को तो मेरे रूप का नाम शादी की रात को ही डँस गया। अपनी दूसरी सौत के मरने के आठवें साल मैं उन्हें जुटी। बहुत दिनों का भूखा कंगाल कहीं छप्पन व्यंजनों का थाल पाकर अनाप-शनाप ठूँस ले, तो पेट फरेगा नहीं तो और क्या होगा? बस, रात को ही लकवा पड़ गया। तब से पलँग पर पड़ा बुड्ढा गोंगियाता रहता है। उधर मेरी चाँदी-ही-चाँदी है। न सास-ससुर, न देवर-जेठ, दिन-भर बुड्ढे की सेवा करती हूँ। और जब रात को तुम्हारे भोले सास-ससुर

सो जाते हैं, तो इसी खिड़की से कूद इनकी सेवा करती हूँ। और आज ये कहते हैं, इसकी किसी बात का विश्वास मत करना!'

एक क्षण को कौस्तुभ उस मुखरा की बकर-बकर से बौखला गया था—'राधिका, तुम चुप नहीं हुईं, तो मैं तुम्हें इसी खिड़की से नीचे धकेल दूँगा।'

'नहीं,' माधवी का शान्त स्वर आवेगहीन था—'उसे अब नहीं धकेलना होगा। मैं ही जा रही हूँ। ईश्वर करे, यह तुम्हारी वैसी ही सेवा करती रहे, जैसे पिछले चार सालों से कर रही है।' और फिर वह द्वार खोलकर बाहर निकल गई थी। इतने वर्षों में फिर उसने कभी ससुराल की देहरी नहीं लाँघी थी।

उस सुदीर्घ अज्ञातवास के बाद अपने प्रत्यावर्त्तन में, उसने स्वयं ही कई रोड़े अटकाए थे, किन्तु अन्त में उसे आना ही पड़ा था। आज वह प्रदेश की एक वरिष्ठ सुख्यात अफसर थी। उसके रूखे स्वभाव, ईमानदारी, कार्यपटुता और सर्वोपरि अपने पुरुष-सहकर्मियों से गज-भर की दूरी बरतने की अनेक किंवदंतियाँ प्रसिद्ध हो चुकी थीं। अपने अक्षत कौमार्य को वह जिस अमानवीय आत्मसंयम से बत्तीसी के दिन जीभ-सी सेंतती चली आई थी, उसका प्रमाण गहरी कठोर झुर्रियों के रूप में उसके पूरे चेहरे पर फैल, उसके लावण्य को लील चुका था। नौकर उसके भय से थरथर काँपते, किन्तु गृह के एकान्त में वह फिर एक निरीह असहाय अबला बन जाती। रात को कहीं पत्ता भी खड़कता, तो वह सिरहाने धरी पिस्तौल सँभाल लेती। कभी गहरी तृषाक्रान्ता के मुँह से विधाता ने जोर से लबलबाता जलपात्र लगाकर बिना उसके पिए ही छीन लिया था, उसने उसकी तृषार्त्त करुण दृष्टि को अब भयावह रूप से हिंस्र बना दिया था। जान-बूझकर ही हाथ में आई शक्ति का दुरुपयोग करने में, उसके अशान्त चित्त को अनोखी शान्ति मिलती थी। जहाँ किसी सुखी दम्पति को एक ही जिले में नियुक्त देखती, चट से अपने कानूनी आदेश से बिलबिलाती पत्नी का तबादला किसी दूरस्थ जिले में कर देती थी। इधर उसे एक लत और पड़ गई थी। पहले कभी नींद नहीं आती थी, तो एक-आध गोली खा लेती थी, किन्तु अब अनिद्रा उसे नित्य ही पागल बनाने लगी थी, इसी से वह पैथेडीन लेने लगी थी। अनिद्रा के इस रोग का भी करुण इतिहास था। एक वर्ष पूर्व, वह अपनी उसी मद्रासी सहेली रेचल की मृत्यु का समाचार पा प्लेन से मद्रास पहुँची थी। उसके दुर्भाग्य से ही शायद उस दिन उसे लौटने में प्लेन का रिजर्वेशन नहीं मिला था और उसे ट्रेन से लौटना पड़ा। आधी

रात को कण्डक्टर ने द्वार खटखटाया–'मैडम, दरवाजा खोलिए।'

आधी रात को पैथेडीनजन्य गहन निद्रा के बीच वह व्याघात उसे तिलमिला गया था। उसका क्रोधी स्वभाव उस दिन उसकी जिह्वा को और भी तीखा बना गया था, 'नहीं, फर्स्ट क्लास के किसी भी यात्री को आप आधी रात को डिस्टर्ब नहीं कर सकते।'

'आपको खोलना होगा मैडम, जो यात्री बाहर खड़े हैं, उनके दो बर्थ आपके डिब्बे में पहले से ही रिजर्व्ड हैं।' किसी तरह साड़ी लपेट, भुनभुनाती हुई वह उठी, चिटखनी खोली और मुँह फेरकर सो गई थी। उसके निद्रालोक में सहसा प्रेतात्माओं-से ही घुस आए सहयात्रियों को देखने उसे किसी प्रकार के कौतूहल या जिज्ञासा ने नहीं उकसाया। किंतु सहयात्री निश्चय ही शिष्ट थे। स्त्री फुसफुसाकर ही बोल रही थी और पुरुष के धीरे-धीरे सामान लगाने की गतिविधि से ही वह समझ गई कि बेचारा ऐसा प्रयत्न कर रहा था जैसे तेज-तर्रार सोनेवाली की निद्रा में कोई व्याघात न हो। फिर उसे स्वयं नींद आ गई। किसी बड़े स्टेशन पर जब गाड़ी रुकी, तो पौ फट चुकी थी। 'कॉफी'-'कॉफी' का कलरव सुन, वह हड़बड़ाकर उठ बैठी। दक्षिण के स्टेशनों की वह तेज कॉफी उसकी पुरानी दुर्बलता थी। काँसे का गिलास मुँह से लगाया, तो सहसा उस दिवंगता सखी का स्नेहालु चेहरा आँखों के आगे आ गया, जिसे वह कब्र में सुलाकर लौट रही थी। रेचल के पिता रेलवे में थे। प्रायः ही उनसे पास लेकर दोनों सखियाँ इसी गुंटूर के स्टेशन तक चली आतीं और छककर बड़े खा, कॉफी पी, जूड़ों को सुवासित बेले के गजरों से लपेटकर घर लौटतीं। उसके असहाय एकाकी जीवन की वह ज्योति भी अचानक ऐसे दप-से बुझ जाएगी, उसने कभी सोचा भी नहीं था। उसकी आँखें सहसा छलछला उठीं, उन्हीं डबडबाई आँखों से, सामने की बर्थ पर नींद में बेहोश डूबे अपने सहयात्रियों को उसने पहली बार देखा। पुरुष पार्श्व परिवर्तन कर लेटा था किन्तु स्त्री उसी की ओर मुँह फेरकर सो रही थी। उसके मेदबहुल शरीर की भीमकटि की परिधि जैसे चौड़ी बर्थ में भी नहीं अट रही थी। सकपकाकर माधवी ने दृष्टि फेर ली थी। कहीं जग गई, तो बेचारी व्यर्थ ही अपदस्थ होगी। किन्तु वह नहीं जगी, जगा पुरुष, अपने दोनों लम्बे पैर झुलाते ही वह एक सामान्य से झटके से ही नीचे उतर आया। एक पल को दोनों की आँखें परस्पर टकराईं और माधवी के हाथ का गिलास काँप गया। विधि का यह कैसा क्रूर परिहास था! वह आपादमस्तक भी बदल गया होता, तब भी वह उसे पहचान

सकती थी, किन्तु उसे तो कालचक्र ने जैसे छुआ भी नहीं था, वैसी ही गम्भीर आकृति, अतनु-सा वही मनोहारी रूप! वह स्लीपर पहन, बाहर चला गया। माधवी कॉफीवाले को पैसे देने लगी, तो उसके दोनों हाथ काँप रहे थे। जिस घाव के टाँके भी उसकी त्वचा में घुलमिल एकाकार हो गए थे, आज वही घाव किसी पुराने नासूर की भाँति रिसने लगा था। इतनी रात को वह दूसरे डिब्बे में भी तो नहीं जा सकती थी। पौ फटने पर भी दिवालोक धूसर था। उधर गाड़ी ने सीटी दे दी थी। उस लम्बी यात्रा के अवांछित साहचर्य के विषय में सोचते ही उसके सारे शरीर का रक्त माथे पर चढ़ कनपटी पर घन की-सी चोट करने लगा। 'हर वक्त इतने टेंशन में रहती हो माधवी, उस पर तुम्हारा रक्तचाप भी तो बहुत सुविधा का नहीं है। तुम्हारे दिमाग की नसें कभी फट गईं, तो मुझे आश्चर्य नहीं होगा...' कभी रेचल ने उससे कहा था। ठीक ही कहा था उसने।

सामने हिडिंबा-सी पसरी सौत की उपस्थिति ही फिर उसकी फड़कती रगों को शान्त कर गई थी। निश्चय ही वह उसकी सौत थी। कौस्तुभ की माँ या बहन तो हो नहीं सकती थी, क्योंकि सास के गोरे-उजले चेहरे और ननद की सौम्याकृति को वह एक ही दिन देखने पर भी, अब भी पहचान सकती थी। तब वह कहाँ गई, जिसने उसके सौभाग्य का मधुपात्र छीन, उसके हाथ में भिक्षा का खप्पर थमा दिया था? हे भगवान्, अभी वह गुसलखाने से लौट आएगा और निश्चय ही उसकी सौत से उसका परिचय करा, अपना प्रतिशोध ले लेगा। किन्तु जब वह लौटा, तो उस रहस्यमय व्यक्ति का संगमित आचरण देख, वह दंग रह गई थी। न उस सौम्य चेहरे पर विकार की एक रेखा उभरी, न उसने दूसरी बार आँख उठाकर ही उसकी ओर देखा। उसकी पत्नी जगकर, बाथरूम जाने लगी, तो माधवी ही कनखियों से उसे देखने का लोभ संवरण नहीं कर सकी थी। लेटने पर, उसका शरीर वीभत्स रूप से मोटा लग रहा था, किन्तु खड़ी होने पर मांस स्वयं ही छँट-छँटकर विभिन्न कोष्ठ-प्रकोष्ठों में समा गया। फिर भी उठने-झुकने में उसे कष्ट ही हो रहा था। एक विलम्बित डकार लेकर वह गुसलखाने चली गई, तो दोनों उस डिब्बे में अकेले रह गए। माधवी का हृत्पिंड जोर-जोर से धड़कता, जिह्वा पर ही आ गया। अब वह अवश्य ही कुछ कहेगा, पर वह माधवी की उपस्थिति से एकदम ही उदासीन बना, अचल मुद्रा में अखबार पढ़ता रहा। तब क्या उसने माधवी को नहीं पहचाना? नहीं, ऐसा

कभी नहीं हो सकता। जिसने भी उसे इधर देखा था, हमेशा यही कहा कि वह इतने वर्षों में जरा भी नहीं बदली। फिर जिस व्यक्ति ने उसके चेहरे को कभी बीसियों लड़कियों की भीड़ से छाँटकर पसन्द किया था, वह उसे कभी ऐसे भूल सकता था? क्या पता, वह स्वयं ही भूल कर रही हो! इतने बड़े संसार में क्या एक-से दो चेहरे नहीं हो सकते? हो सकता है, कोई उसी के-से चेहरे-मोहरे का कोई और हो? मन का वही अदम्य कौतूहल सौत के आने से पहले ही फिर एक अविवेकी प्रश्न बनकर उसके मुँह से फिसल गया था।

'क्यों, तुम्हारी राधिका रानी कहाँ गई?' प्रच्छन्न व्यंग्य से पहले वह चौंका। फिर जैसे कृष्णवर्णी तिरती गम्भीर मेघावलि के बीच प्रातःकालीन सूर्य की मन्द मधुर रश्मियाँ दिवालोक से दिशाएँ रँग जाती हैं, ऐसे ही मधुर स्मित का परिहास उस गम्भीर चेहरे को उद्भासित कर गया—'मर गई' कह वह फिर अखबार पढ़ने लगा।

मन-ही-मन वर्षों के अनकहे उपालम्भ दुहराती माधवी पल-भर को विक्षिप्त-सी हो गई। 'मूर्ख, मूर्ख, अहंकारी उस दिन जब मैं आधी रात को, आँसुओं से अंधी आँखें पोंछती तुम्हारे घर से निकल गई, तब बाँहों में बाँधकर तुमने मुझे रोका क्यों नहीं? क्या तुम नहीं जानते थे कि मैं पिता की सिर-चढ़ी, जिद्दी, अविवेकी किशोरी पुत्री थी? मेरे पीछे-पीछे भागकर आ नहीं सकते थे? आँख उठाकर देख ले मूर्ख, आज मैं स्वयंसिद्धा हूँ—किसी पुरुष के स्कंधस्पर्श की मुझे कामना नहीं है। यही नहीं, जिन्दगी की दौड़ में मैं तुम्हें बहुत पीछे छोड़ गई हूँ। तुम्हारे व्यक्तित्व पर, पैबन्द-सी लगी इस मोटी भुरकुस भैंस का बोझ तुम्हें जीवन-भर ढोना होगा। और मुझे देखो अपनी ही क्षणिक मूर्खता से तुमने किस सौन्दर्यमणि को गँवा दिया, जानते हो, मैं आज कितनी बड़ी अफसर हूँ! बीसियों डिप्टी सेक्रेटरी मेरी तर्जनी के आदेश से उठते-बैठते हैं'—उसके व्याकुल हृदय से उठती उसकी प्रत्येक अनकही गर्वोक्ति कण्ठ तक आकर बूमरैंग-सी, फिर उसी के संतप्त हृदय में गड़, उसे तब तक निचोड़ती रही, जब तक हाथ-मुँह धोकर उसकी सौत नहीं लौट आई।

वह इस बार माँग-पट्टी सँवार, नहा-धोकर, कुछ निखर आई थी। साँवले चेहरे की श्यामल आभा अब गेहुँए रंग में बदल गई थी। 'चाय-वाय कुछ मिलेगी जी?' उसने पति से पूछा, फिर हँसता चेहरा अपरिचिता माधवी की ओर इस अंतरंगता से फेरा जैसे प्रश्न उसी से पूछ रही हो।

'ये मेरी कड़ुवी धतूरे-सी कॉफी तो हमसे पी नहीं जाती, सुनो जी, जरा

जाकर देखो, डाइनिंग कार है या नहीं।'

'अगला स्टेशन आने दो, मैं बैरे को आर्डर दे आऊँगा।'

उस विस्मृत कण्ठस्वर की प्रत्येक खनक माधवी के कानों में गर्म शलाखें घुसेड़ रही थी। जान-बूझकर ही, उसने आँखें बन्द कर लीं, किन्तु आँखें मुँदी होने पर भी वह जान गई कि उसकी सौत उसे एकटक देखे जा रही है। यह शक्ति विधाता ने केवल नारी ही को दी है, पीठ-पीछे खड़ा होकर भी कोई उसे देखे तब भी वह जान लेती है कि कोई उसे देख रहा है। थोड़ी ही देर में स्टेशन आया और उसका पति उतर गया। बैरा चाय-टोस्ट लाकर ट्रे धर गया, तो उसकी सौत जैसे अधैर्य-से बावली हो गई—'साहब कहाँ गए जी? भेज दो जल्दी, गाड़ी ने सीटी दे दी है।' फिर वह खिड़की से ही अपनी मोटी गर्दन बाहर निकाल, इंजन के साथ-साथ भैंस-सी डकराने लगी—'अजी, गाड़ी चल रही है, क्या बचपना कर रहे हैं आप! चढ़िए जल्दी! हाय राम, मेरा तो कलेजा ही धड़कता बाहर आ रहा है।' उसने अपनी चौड़ी हथेली, सचमुच ही छाती पर धर ली थी। पर क्या, साँस की उन मोटी पर्तों के बीच वह अपनी धड़कन सुन भी पाती होगी? मन-ही-मन माधवी को हँसी भी आ रही थी। पति अधीरा पत्नी के बचकाने व्यवहार से खिसियाकर बर्थ के कोने पर बैठ, फिर अखबार पढ़ने लगा।

'क्यों बहनजी, कहाँ जा रही हैं?' वह चाय बनाती उसके और निकट सरक आई थी। 'वाह, अब तो खूब साथ रहेगा; हमारे छोटे लड़के की पासिंग आउट परेड थी जी, पहले देहरादून गए, फिर बड़े लड़के के पास वेलिंगटन गए थे, वहीं से लौट रहे हैं। लीजिए ना, आप भी एक प्याला चाय—' पति के साथ-साथ, उसने हँसकर उसकी ओर भी एक प्याला बढ़ाया।

'धन्यवाद, मैं चाय नहीं पीती।' माधवी का स्वर शिष्ट होने पर भी रूखा था।

'हाय राम, चाय नहीं पीतीं? मैं तो सोच ही नहीं सकती कि संसार में कोई स्त्री ऐसी भी हो सकती है, जो चाय नहीं पिए। मुझे तो खाना भले ही ना मिले, बिना एक प्याला चाय के मैं बिस्तर से भी नहीं उठ सकती। ये बेचारे रोज मेरे उठने से पहले बिजली की केतली में चाय बना मेरे सिरहाने प्याला धर जाते हैं।'

सौतिया डाह से पहली बार माधवी की रक्तमज्जा दग्ध हो उठी। छिः-छिः, ऐसी मुटल्ली पत्नी से भी कोई क्या इतना लाड़ लड़ा सकता है?

वह फिर बड़ी उदासीनता से एक पत्रिका खोलकर पढ़ने लगी। उधर उसकी सौत कटोरदान के चमकते ढकने खोल, पति के सम्मुख तरह-तरह का नाश्ता सजा रही थी। एक बार उसने फिर दो खुले डिब्बे, माधवी के सामने बढ़ा दिए। 'अच्छा, ये तो लीजिए, मेरे गले के नीचे तो यहाँ के इडली-डोसे नहीं उतरते, इसी से ढेर सारा नाश्ता बनाकर साथ रख लाई थी।'

'मुझे तो इतनी सुबह कुछ खाने का अभ्यास नहीं है, मुझे प्लीज क्षमा करें।' उसके स्वर का रूखापन इस बार करारे चाँटे-सा ही पास बैठे पति के गाल पर पड़ा, 'क्यों जिद करती हो?' उसने माधवी से भी अधिक रूखे स्वर में पत्नी को डपट दिया, किन्तु उसकी खाल निश्चय ही गैंडे की थी, नाश्ता करते ही वह फिर हँसती उसकी ओर सरक आई—'आप क्या यहाँ किसी काम से आई थीं?'

'जी।' माधवी के संक्षिप्त उत्तर में किसी निरर्थक लम्बे वार्तालाप का आमंत्रण नहीं था।

'ओह, तब यहीं नौकरी करती हैं क्या?'

इस बार मूर्खा पत्नी की बकर-बकर से खीझकर उसका पति उठकर बाहर चला गया और कारीडोर में निरर्थक चहलकदमी करने लगा।

'शादी नहीं हुई आपकी?'

'नहीं।' हारकर अखबार नीचे पटक, माधवी ने चश्मा उतार लिया।

'हाय राम, अभी तक इतनी सुन्दर हैं आप और शादी नहीं हुई!' वह इस बार प्रश्न पूछते ही हँस पड़ी। उसकी हँसी की निष्कपट मीठी फुहार ने माधवी का सारा रूखापन धों-पोंछकर बहा दिया। चाहने पर भी वह उस विराट् शरीर की भोली स्वामिनी को, सौत के रूप में नहीं स्वीकार सकी थी। फिर एक बात और थी, कौन गतयौवना अपने रूप की प्रशंसा सुनकर, उल्लसित नहीं होती?

'कितने साल की होंगी बहनजी, आप?' चमकती पुतलियों में किसी दुधमुँही बालिका की-सी जिज्ञासा तैर रही थी।

'बुद्धिमती स्त्री कभी दूसरी स्त्री की उम्र नहीं पूछती।' माधवी ने हँसकर कहा।

'जानती हूँ—जानती हूँ, पर इसलिए पूछ रही थी कि मैं बारह की हुई, तो पचास की लगने लगी हूँ। क्यों, है ना? मेरे मायके में सबकी बाढ़ ही ऐसी है। कई बार सोचती हूँ डाइटिंग करूँगी, पर अब डाइटिंग का क्या होगा। जब जवानी ही में नहीं कर पाई, तो अब बुढ़ापा क्यों बिगाड़ूँ। कौन अब मुझे दुल्हन

बनना है, फिर ये तो हैं स्वभाव के गऊ, यह डर भी तो नहीं है कि इधर-उधर मुँह मारेंगे।' पान की डिबिया खोल, उसने फिर माधवी की ओर बढ़ा दी।

'हे भगवान्, क्या पान भी नहीं खातीं? तब खाती क्या हैं जी, चरी-भूसा? वह तो अच्छा हुआ, मैं चूना-कत्था, एक ढोली पान—सब इंतज़ाम कर घर से चली थी। नहीं तो यहाँ के पान भला कोई खानेवाला खा सकता है। मरे चीनी पागकर, बीड़ा थमाते हैं।'

माधवी जितना ही उसे देख रही थी, उतना ही उसका कलेजा ठंडा होता था। देखने ही में नहीं, उसके उठने-बैठने का तरीका भी उसके व्यक्तित्व-सा ही थुलथुला था। उठती तो कभी साड़ी की भाँजें ही सरसराकर धरा पर बिखर जातीं, कभी लम्बे आँचल से बुहारी-सी लगाती, कटोरदान का ढकना छन्न से नीचे गिरा देती और कभी सुराही ढुलका देती। किन्तु व्यक्तित्व कैसा ही ढीलमढाल हो, उसका अलमस्त स्वभाव, उसके सब दोषों को ढक देता था। जब रेल के 'फर्स्ट क्लास' को ही इसने ऐसा कूड़ाघर बना दिया है, तो राम जाने घर को कैसा रखती होगी! माधवी यही सब सोचती, अपने परित्यक्त पति को अपने सजे-सँवरे गृह की छटा दिखाने को मन-ही-मन व्याकुल हो उठी थी। एक-एक तिनका जीभ से उठाकर रख देती थी वह। मजाल है कि पलँगपोश का एक कोना तो उठ जाए। पर्दे हर हफ्ते बदले जाते थे और किचेन ऐसा झकझक कि फर्श के दर्पण में कोई भी अपना मुँह देख ले। साड़ी पहनती, तो चाहे पहनकर दिन-भर मिट्टी में लोट-पोट लगा ले, न एक भाँज इधर न उधर। ड्राइंग रूम की सज्जा में तो उसने अपना आधा फण्ड ही फूँक दिया था। दिल्ली जाकर उसने उस महिला की दुकान से फर्नीचर खरीदा था, जो केवल फाइव स्टार होटलों के लिए फर्नीचर बनाती थी। एक-एक कुर्सी का उसने कभी अपने वेतन का डेढ़ गुना मूल्य चुकाया था। रेचल के एक मामा विदेश में राजदूत थे, उन्होंने उसे एक अद्वितीय झाड़फानूस भेंट किया था। उस उपहार के पीछे उस विधुर राजदूत ने अपनी गहरी डिप्लोमैटिक चाल का भी उसे आभास दे दिया था, किन्तु उपहार का पूरा मूल्य चुकाकर ही माधवी ने उसे स्वीकारा था, 'मेरे जीवन में पुरुषों के लिए कोई स्थान कभी नहीं हो सकता, मि. डैनियल, आप इसका मूल्य लेंगे, तब ही मैं इसे लूँगी।' बेचारे मि. डैनियल अपना-सा मुँह लेकर चले गए थे, किन्तु झाड़फानूस माधवी के ड्राइंग रूम की शोभा अब भी बढ़ा रहा था। टुनटुनाती काँच की सलाखों से मन्द-मन्द विद्युत रश्मियों का इन्द्रधनुषी जाल अब उसके गुदगुदे कालीन को रँगता,

उसकी बहुमूल्य कुर्सियों की बाँहों में पसर जाता, तो वह नार्सिसस की मुग्ध दृष्टि से घण्टों अपने वैभव का विस्तार निहारती रहती। कभी-कभी वह अपने परिचित मित्रों को खाने पर बुलाती, तो बेचारे कभी ऐसे ही भोजों पर दी गई उसकी रूखी हिदायतें स्मरण कर, बच्चों को घर पर ही छोड़ आते। 'शुक्लाजी, यह पायदान मैंने त्रिवेन्द्रम से मँगवाया, कैसा लगा?' मेजबान के चतुर प्रश्न के बीच पैर पोंछने का प्रस्ताव बेचारा अतिथि स्वयं ही ग्रहण कर लेता था। 'मिसेज मित्रा, ये डिनर सैट कैसी लगी आपको? देखिए ना, वैसे तो सनमाइका पर मैट बिछाना मुझे एकदम नापसन्द है, किन्तु कभी-कभी हमारी हिन्दुस्तानी ग्रेवी जो दाग मेज पर छोड़ जाती है।' अभागा अतिथि फिर क्या ग्रेवी की एक बूँद भी मेज पर गिरा सकता था?

'अरे, इस बार भी आप दोनों अकेले ही आए, बच्चों को क्यों नहीं लाए?' किन्तु स्वर का उल्लास पूरे चेहरे पर फैल स्वयं उसके प्रश्न का असमर्थन कर देता। बेचारे अतिथि बहाना बना देते कि बड़ी को होमवर्क करना था, छोटे के मास्टर साहब आते हैं आदि-आदि। माधवी मन-ही-मन सब समझती थी और कभी-कभी उसका चित्त खिन्न हो उठता। उसे बचपन में पढ़ी उस स्वार्थी दैत्य की कहानी याद हो आती, जो अपने सजे-धजे बाग में बच्चों को नहीं खेलने देता था, इसी से उसका बाग हमेशा बंजर पड़ा रहता था। क्या यही कारण था कि सुख-ऐश्वर्य के साधन उपलब्ध होने पर भी, उसका बाग उसे सदा बंजर ही लगता था? शायद यही कारण था कि सामने बैठी सौत के चेहरे का उल्लास देख, वह आज स्वयं लार टपका रही थी।

फिर गन्तव्य स्टेशन के आने के कुछ पूर्व ही कौस्तुभ आ गया था। उसके आते ही माधवी की प्रगल्भा सौत सकपकाकर चुप हो गई थी। शायद वह भी समझ गई थी कि उसके अनावश्यक प्रश्नों की झड़ी पति को असन्तुष्ट कर गई थी और इसी से खीझकर वह बाहर चहलकदमी करने लगा था।

'तुम उठो, तो मैं बिस्तर बाँध दूँ। सारा सामान बिखरा पड़ा है।' उसका स्वर अभी भी झुँझलाया था। माधवी भी अपना बिस्तर लपेटने उठी और तब ही वह विचित्र दुर्घटना घट गई, जो सदा के लिए उसे अनिद्रा का उपहार दे गई थी। किस कुघड़ी में एक गाय न जाने कब धड़धड़ाती मेल के आगे सींग उठाकर खड़ी हो गई। उसी भिड़ंत में इंजन ने पूरी गाड़ी के अंजर-पंजर हिलाए, तो इससे पहले कि माधवी सँभलती; वह कौस्तुभ की ओर ढुलक पड़ी थी।

यदि वह उसे न सँभालता, तो वह पछाड़ खाकर नीचे ही गिरती। यह सब पलक झपकते ही हो गया और उसी धक्के के साथ पूरी गाड़ी की बिजली चली गई। उस अरण्य के गहन अन्धकार में परित्यक्त वर्षों के बिछुड़े पति की बाँहों के घेरे ने उसे कसकर बाँधा था और उन अधरों का क्षणिक स्पर्श उसके अधरों को वास्तव में दग्ध कर गया था या वह सब उसके अचानक धक्का खा गए विकृत मस्तिष्क का भ्रम मात्र था, यह वह अब तक नहीं समझ पाई।

'नहीं-नहीं, यह सबकुछ नहीं हुआ था,' वह कभी कमरे के एकान्त में स्वयं पागलों-सी बड़बड़ाती, 'अविवाहिता औरतों को अक्सर ऐसा भ्रम होता है, ऐसी कितनी कहानियाँ तो पढ़ी हैं मैंने।' किन्तु फिर उस मधुर स्पर्श की स्मृति, एक्सरे में किसी भग्न हड्डी के कोटर की ही स्पष्टता से उभर आती, और वह मुँह ढाँपकर सिसकने लगती। उसी रात से फिर उसकी आँखों में नींद नहीं रही। आधी-आधी रात तक वह पागलों की तरह अकेली कमरे में चक्कर काटती रहती, थककर सोती तो सहसा अरण्य में रुकी वही ट्रेन उसे फिर उन्हीं बाँहों के घेरे में बाँध देती, और वही अधूरा मधुर स्पर्श उस दुःस्वप्न के टूटने पर भी उसके बुभुक्षित हृदय की क्षुधा प्राणांतक रूप से तीव्र कर देता। पुरुष की देह-परिमल का नशा उसे पहली बार नरभक्षिणी बनी शेरनी-सा ही खूँखार बना गया था। गतयौवना का विवेक भी कभी वेगवती नदी के कगार पर खड़े सशक्त वृक्ष की ही भाँति अचानक भरभराकर गिर पड़ता है, यह वह जानती थी। आज तक उसका आत्मविश्वास और चरित्र की दृढ़ता ही उसके अभिन्न मित्र थे, किन्तु अब उन्हीं दोनों की रहस्यमयी प्रवंचना उसे रात-रात-भर जगाए रखती। इसी से स्वयं अपने ही से डरकर उसने नियमित रूप से मैथेडीन लेना आरम्भ कर दिया था।

'बहन, कभी नैनीताल आओ तो अवश्य मिलना, वैसे जाड़ों में हम हलद्वानी जरूर आते हैं। वहीं हमारी ससुराल है।' उसकी सौत ने उसे हँसकर अपने पति का कार्ड थमा दिया था।

आज पिता का पत्र, उसे किसी बिसरी ससुराल की ओर खींच लाया था।

'गाड़ी आ गई सरकार,' चपरासी ने कहा और वह उठकर फिर अतृप्त तृष्णा से खिंची दर्पण के सम्मुख खड़ी हो गई। वर्षों से संचित, वही नीलांबरी साड़ी बक्से के तले से खींच, सूटकेस में धर आई थी। कभी इसी साड़ी

पहननेवाली को, जिसने बीसियों लड़कियों की भीड़ से छाँटकर पसन्द किया था, आज वह एक बार फिर उसी की रोग-जीर्ण दुर्बल आँखों में पराजय की स्वीकृति देखना चाहती थी। कनपटी से झाँकते सफेद बालों को उसने फिर यत्न से चुन-चुनकर दूर फेंक दिया और फूलदान में लगी एक अर्ध-प्रस्फुटित कली जूड़े में खोंस ली। होने को तो, उसमें एक सुन्दर खिला गुलाब भी था, किन्तु जूड़े में खिला गुलाब खोंसने की उम्र अब बहुत पीछे छूट गई थी। उसके होंठों से एक लम्बी साँस निकल गई। गुरुदेव की कविता की एक पंक्ति कभी उसकी बंगाली अध्यापिका मीरा दी ने उसकी आटोग्राफ बुक में लिखी थी–'जे फूल ना फूटीते ना फूटीते झरे छे धरणी ते, जे नदी मरु पथे हारालो धारा।' मीरा दी उसके अभिशप्त अतीत की पूरी कहानी सुन चुकी थीं। इसी से शायद उसी के जीवन की व्याख्या उस पंक्ति में स्पष्ट कर गई थी। वह खिलने से पहले ही झर गया, मुरझाया फूल ही तो थी, मरुपथ की पथभ्रष्टा नदी।

कार में बैठते ही फिर उसने आँखें बन्द कर लीं, खुले काँच से आती तराई और पहाड़ के संगम की सुहावनी हवा उसे वर्षों की बिछुड़ी जननी के स्पर्श-सी ही मीठी लगी। कल्पनालोक की अद्भुत धरणी पर पग धरती वह फिर नई दुल्हन बनी, हलद्वानी की अली-गलियों से गुजर रही थी। बीच-बीच में वर्षों पूर्व नौशा बने पार्श्व में बैठे कल्पित कौस्तुभ का स्पर्श भी उसे गुदगुदाता जा रहा था। बरेली का कामदार लहँगा, गुलबाँक के रेशमी पिछौड़े की सिहरन, हाथ-भर काली चूड़ियों की खनक, कुछ भी तो नहीं भूली थी वह।

'मिस साहब, यही मकान बताया आपने?' ड्राइवर के प्रश्न ने उसे किसी ऊँची चोटी से नीचे ढकेल दिया।

'हाँ-हाँ, ठीक है।' उसने कहा और तब ही किसी के विकृत विलाप की मींड ने उसे चौकन्ना कर दिया।

'तुम मुझे ऐसे क्यों छोड़ गए जी–हाय, अब मैं क्या करूँ!'

माधवी ने ठीक ही सुना था, स्वर उसी मकान से आ रहा था। ड्राइवर द्वार खोलकर नम्रता से उसके उतरने की प्रतीक्षा कर रहा था, किन्तु वह दोनों हाथों से बटुआ पकड़े, बुत बनी बैठी ही रही। उसके जी में आया, वह चुपचाप लौट जाए। किन्तु नारी कैसी ही पाषाणी क्यों न हो!, पावन अग्नि के फेरे क्या सहज ही में भूल सकती है? वह उतरी और धीर-मंथर गति से चलती द्वार पकड़कर खड़ी हो गई।

चादर से ढकी देह अचल पड़ी थी। कमरे में अगरबत्ती की गहन धूम्र-रेखा

के बीच भी, उसने खुले चेहरे की भव्य शान्ति को देख लिया था। नहीं-नहीं, मृत्यु के पश्चात् भी जिसके चेहरे पर ऐसा देदीप्यमान तेज हो, वह जीवन में कभी कोई पाप नहीं कर सकता। स्वयं अपना ही गह्वर शत्रु बना, माधवी का गला घोंटने लगा। रुद्ध कक्ष में एक भयावह निस्तब्धता थी। पुरुषों के सिर झुके थे, स्त्रियाँ सिसक रही थीं। पति के सिरहाने बैठी उसकी सौत बार-बार पछाड़ें खाती, टिटिट्भ-सा करुण विलाप कर रही थी और पास बैठी स्त्रियाँ आँखें पोंछती उसे बार-बार सँभाल रही थीं। माधवी चुपचाप द्वार की ओट में सिमटी एकटक उसे देख रही थी, जिसकी छाती पर गिर-गिरकर, न अब उसे विलाप करने का अधिकार था, न अपने वैधव्य के लिए आँसू बहाने का। उसकी आँखों में ही सूख गए आँसू और कण्ठ ही में सिमट गया विलाप भला सुन ही कौन सकता था! मृत्यु के पवित्र घेरे में घिरी पति के उजले अतीत को एकदम खुली पुस्तक-सा बाँच गई थी। निश्चय ही, वह उस स्वयंदूती कुलटा राधिका का क्रूर परिहास था, फिर भी उस मूर्खा ने पति का अविश्वास किया था। घाट जाने का पूरा आयोजन ही करीब-करीब हो चुका था। पूरे कमरे में, प्लेटफार्म पर आ गई रेल को देखकर उठते-भागते कुलियों की-सी ही हड़बड़ मचने लगी थी।

माधवी अब और नहीं रुक सकी। एक प्रकार से भागती-पड़ती ही कार में जाकर बैठ गई और उसकी विकृत सिसकी ही ने ड्राइवर को घर चलने का आदेश दिया था। डाकबँगले के उस कमरे में वह द्वार बन्द कर जाने कब तक विक्षिप्त-सी ही बैठी रही थी। चपरासी बन्द द्वार से ही 'मैं कुछ नहीं खाऊँगी, तबीयत ठीक नहीं है,' सुन सहमकर चला गया था।

अगरबत्ती के तीव्र सौरभ का धुआँ, उसके नथुनों में बस गया था। उधर संध्या होते ही नित्य के बाद-अभ्यास के लिए उसके संतप्त प्राणों की आकुलता क्षण-प्रतिक्षण तीव्रतर होती जा रही थी। चौथ का चन्द्रमा किसी ढीठ शत्रु-सा ठीक उसकी खिड़की के काँच पर उतर आया था। मौसी कहती थी—'भूलकर भी चौथ का चन्द्रमा कभी मत देखना मथुली, कलंक लगता है।' इससे बड़ा कलंक और अब उसे लग ही क्या सकता था! खिड़की खोलकर बड़ी देर तक उसे निहारती रही, फिर एक सहज स्मित से उसके चेहरे के तनाव की एक-एक रेखा धुल गई। लगता था, अकस्मात् ही उसने अपनी समस्या का कोई सहज समाधान ढूँढ़ लिया है। उसने खिड़की बन्द की, बड़े धैर्य से अटैची खोल, कागज-कलम निकाल पिता को पत्र लिखने बैठ गई। पत्र लिखने में उसे

कठिनता से पाँच मिनट लगे होंगे, दफ्तर की फाइल में अपने नोट भी वह इसी सत्वरता से निबटाती थी, न एक अनावश्यक बात इधर, न उधर! फिर उसने स्पिरिट का चूल्हा जला सिरिंज उबाली, अपनी संजीवनी की पूरी सामग्री वह हमेशा साथ लेकर चलती थी। चप्पल डाल वह पिता को लिखा पत्र स्वयं ही सड़क के लेटरबाक्स में डाल आई थी। चिट्ठी डालने लगी, तो पहली बार उसकी शुष्क आँखें आर्द्र हो उठीं। लगा, वह दूसरी बार दुल्हन बनी सदा-सदा के लिए पितृगृह से विदा ले रही है। फिर बड़ी निर्ममता से उसने आँखें पोंछीं और कमरे में लौट गई।

कैसा ही कठिन निर्णय क्यों न हो, उसे कार्यान्वित करना, उस अद्भुत स्वयंसिद्धा के लिए कभी भी कठिन चुनौती नहीं बना था। इस बार भी उसे विलंब नहीं हुआ।

पूरे सप्ताह की संजीवनी वह एकसाथ शरीर में प्रविष्ट कर, चुपचाप लेट गई।

मृत्यु के तीसरे दिन पुत्री का पत्र पिता को मिला था।

'पिताजी, आपके आदेश का पालन कर, सप्तपदी के उस पावन श्लोक की महिमा अक्षुण्ण रखकर जा रही हूँ। जानती हूँ, मेरा अपराध आपकी दृष्टि में ही नहीं, स्वयं मेरी अपनी दृष्टि में ही अक्षम्य था किन्तु क्या मेरा यह पश्चात्ताप उस कलुष को स्वयं प्रक्षालित नहीं कर देगा? वहाँ जाकर कम-से-कम, इस अदालत में तो सिर उठाकर कह ही सकूँगी—

अति आर्ता भविष्यामि
सुखदुः खानुगामिनी।

आपकी—
माधवी

अभिनय

दुर्दिन के कठिन क्षणों में कभी-कभी सुनहले अतीत की स्मृति कितनी प्रखर हो उठती है! पुत्र के विलासी सौध के, अँधेरे प्रशस्त लॉन में अकेली बैठी शान्ता, सहसा ड्योढ़ी पर ड्यूटी बदल रही गारद की कठोर पग-ध्वनि से चौंक उठी थी।

'माँजी, बत्ती जला दूँ?' अर्दली ने पूछा।

'नहीं!' अँधेरा आज उसे वर्षों बाद मिले किसी प्रिय मित्र की भाँति, गलबहियाँ देता विस्मृति के गूढ़ मंडप में खींच रहा था। मायके के दीन-दरिद्र ग्राम को, टिमटिमाते दीपकों के कृपण प्रकाश सहित तेजी से पीछे छोड़, सदर दीवान की पुत्रवधू शान्ता जगमगाते झाड़फानूसों की नीलाभ आशा के साये में एक बार फिर जाकर बैठ गई थी। न जाने कितनी दावतों, कितने मुजरों, कितने रेजिडेंट और उनकी मुस्कराती मेमों के प्रतिबिम्ब आज उसके मायादर्पण में रह-रहकर उभर रहे थे। कभी गा रही हैं : सिद्धेश्वरी, कभी कलकत्ते की बड़ी गौहरजान और भी ग्वालियर की प्रसिद्ध ध्रुपद गायिका मंगूबाई जयदेव के पदों को गाती अपने अस्सी वर्ष के वार्धक्य को कंठ ऐश्वर्य से पराजित कर उसे मुग्ध कर उठती है। शान्ता के दोनों जुड़वाँ पुत्रों ने, अपने अन्नप्राशन का पहला कौर चखा था—कोकिल-कंठी कमला झरिया के कंठमधु के साथ।

उसे आज भी उस प्रगल्भा, संगीतमुखरा साँझ की एक-एक गमक कंठस्थ है।

राम-लक्ष्मण से दोनों बेटों को गोद में लिए शान्ता चिक के पीछे बैठी, चाँदी की कटोरी में खीर चटा रही थी, उधर चिक के बाहर बंगाल की बुलबुल चहक रही थी :

नन्द भवन को भूषन माई

जसोदा को लाल पीर हलधर को
राधारमण परम सुखदाई

शान्ता की दोनों आँखों से, आनन्दाश्रु बहने लगे थे। ईश्वर करे, नन्द-भवन के भूषन ही बनें उसके बेटे! आज तक उस व्यर्थ आकांक्षा की स्मृति में, उसके ओठ व्यंग्य से, तिर्यक स्मित में खिंच गए। उस पद की कैसी विरोधी गूँज में खोकर उड़ गए थे उसके दोनों पुत्र। शान्ता के दीवान श्वसुर रियासती अपच होने पर भी आयु भोगकर दिवंगत हुए थे, किन्तु पति उसे अचानक असमय ही छोड़ गए थे। सास की मृत्यु बहुत पहले हो चुकी थी। उदार राजा साहब ने, विधवा शान्ता को सदर हवेली में रहने की सुविधा ही नहीं दी, उसके दोनों पुत्रों को अपने ही पौत्रों के साथ पढ़ने 'डेली कालेज' भेज दिया। अपनी मृत्यु से पूर्व वह दोनों को अपने पैरों पर खड़ा देख गए थे। बड़े पुत्र की, डॉक्टर बनते ही, पहली नियुक्ति मद्रास में हुई तो शान्ता भी हवेली की ममता छोड़, वहीं चली गई। चालीस वर्ष के सुदीर्घ दक्षिण-प्रवास ने, शान्ता को एकदम ही दक्षिणी बना दिया था, किन्तु पहाड़ी मन की संस्कारी गाँठ अब भी उसी कठिन पाश में बँधी थी। जब वह किसी प्रतिष्ठित कुलगोत्र की भावी पहाड़ी पुत्रवधू के काल्पनिक अभिनव चेहरे के रंगरस का जाल बुन रही थी, तभी अचानक बिना किसी पूर्वसूचना के उसका बड़ा पुत्र अपनी पसन्द की विजातीय डाक्टरनी पत्नी रजनी पटेल का तोहफा घर ले आया था। पुत्रवधू का रूप-रंग देखकर ही शान्ता सहम गई थी। कैसी वधू दी थी भगवान ने! न हाथों में काँच की चूड़ियाँ, न माँग में सिन्दूर, न सुन्दर चेहरे की सौम्यता, न हँसी! एक सर्वथा औपचारिक नमस्कार की कुल्हाड़ी मार वह पीठ सतर किए ही सास के सम्मुख खड़ी हो गई थी। शान्ता को लगा, वह मौका पाते ही रबर के दस्ताने चढ़ा, कभी अकारण ही उसका पेट चीरकर रख देगी।

'अम्मा, दिन-रात तुम मेरा सिर चाटती थीं कि बहू ला दे, बहू ला दे—लो ले आया इसे—डॉक्टर रजनी पटेल एम.डी.। अब बीमार भी पड़ोगी तो अस्पताल नहीं भागना होगा तुम्हें! यह डाक्टरनी बहू दिन-रात तुम्हारी सेवा करेगी!' फिर हँसकर बड़े लाड़ से कन्धा पकड़ उसने प्रस्तरमूर्ति-सी रखी रजनी को माँ के सामने खड़ा कर दिया था।

कैसी सेवा की थी डॉक्टरी ने! तीसरे ही महीने तो कुलच्छनी उसके लम्बे-चौड़े कार्तिकेय-से बेटे को निगल गई थी। पानी भी तो नहीं माँग पाया अभागा। ट्रक से घिसटी कार, उसके लाड़ले को निर्जीव लोथड़ा बनाकर पटक

गई थी। जामाता की आकस्मिक मृत्यु का समाचार पाकर शान्ता के लखपती गुजराती समधी बम्बई से उसी दिन आ गए थे—रजनी को साथ ले जाने की अनुमति माँगने। लेकिन जब समधिन के सामने खड़े हुए तो स्वयं पुत्री ने ही चीरकर रख दिया, 'नहीं, मैं माँ के पास रहूँगी।'

पल-भर के लिए शान्ता का उदास क्षमाशील हृदय, उस रूखी बहू के प्रति करुणापूर्ण कृतज्ञता से छलक उठा। तब वह क्या जानती थी कि सास के प्रति बहू का वही अनुराग एक दिन उसके गले में फाँसी का फन्दा बन झूल उठेगा। छोटा पुत्र शेखर, भाई की मृत्यु का समाचार पाकर भी नहीं आ पाया था। उस पुत्र से शान्ता को कभी भी कोई आशा नहीं बँधी थी। शेखर ने क्या जनम से ही उसे दिन में तारे नहीं दिखा दिए थे! फिर जब सत्येन्द्र जैसा विवेकशील पुत्र ही प्रेम की मरीचिका में भटक गया तो स्वभाव से ही चपल, सुन्दरी-सुरा-लोभी इस छोटे पुत्र से वह क्या आशा कर सकती थी? अच्छी नौकरी थी, अपने ही परिवेश का 'काडर' मिला था, पर विवाह के नाम पर लड़का पीठ पर हाथ नहीं धरने देता था। माँ साथ चलने के लिए कहती तो हँसकर टाल देता, 'रजनी अकेली रह जाएगी अम्मा, तुम उन्हीं के पास रहो।'

माँ के लाख टोकने पर भी वह रजनी को भाभी कह सम्बोधित नहीं कर पाया था। 'जो मुझसे केवल दो मिनट पहले पृथ्वी पर आया, उसकी पत्नी को भाभी भला किस मुँह से कहूँ, अम्मा!' छोटे भाई की इस दलील ने कभी बड़े भाई को खूब हँसाया था, 'ठीक ही तो कह रहा है, अम्मा, रजनी ही कहकर पुकार रे शेखर! और फिर, यह 'भाभी' सम्बोधन सम हाउ डजण्ट सूट रजनी!'

पुत्र की आकस्मिक मृत्यु से शान्ता एकदम ही टूट गई थी। उधर शेखर के अर्दली से वह उसकी गतिविधियों का पूरा हाल सुन चुकी थी। खाने से साहब को कोई मतलब नहीं रहता, दिन-रात पीने-पिलाने की ही दावतें चलती हैं। साथ ही कई निठल्ली बैचमेट, समय-समय पर कभी किसी मीटिंग और कभी किसी आयोजन का बहाना बना, पके फलों-सी टपकती रहती हैं। 'लोग बेकार की बातें करने लगे हैं, माँजी, आप जैसे भी हो, साहब का पैर उलझा दीजिए। शादी होगी तो ठीक हो जाएँगे।' हितैषी अर्दली फिर हाथ जोड़कर गिड़गिड़ा भी गया था, 'साहब से कुछ न कहें हुजूर, जान जाएँगे तो मेरी नौकरी चली जाएगी, सरकार!' इसी बीच नियति स्वयं ही उसे पुत्र के साथ हाथ पकड़कर पहुँचा गई। कभी खिलवाड़ में ही रजनी ने मेडिकल कालेज की जिस पोस्ट के लिए आवेदन पत्र भेजा था, वह उसे अनायास ही प्राप्त हो गई। यहीं

से शान्ता के दुर्भाग्य का एक महत्त्वपूर्ण प्रकरण आरम्भ हुआ था। शान्ता सबकुछ देखती, समझती और खून का घूँट पीकर रह जाती। इधर तीन-चार महीनों से तो दोनों ने जैसे लोक-लज्जा को एकदम ही तिलांजलि दे दी थी। घूमना-फिरना, उठना-बैठना तो साथ-साथ कब से चल रहा था, इधर दोनों बड़ी ही निर्लज्जता से कन्धों पर तौलिया लटका, बैग में बालिश्त-भर के स्विमिंग सूट ठूँस, रेलवे-क्लब में एकसाथ तैरने भी खुले-खजाने जाने लगे थे। तीन दिन पूर्व, जब दोनों ही उसे अचानक अपने बम्बई जाने का समाचार देने आए तो उसका माथा ठनका। रजनी की अलस पदचाप, गुसलखाने से आती वमन की अस्पष्ट ध्वनि, आँचल को कौशल से लपेटे जाने पर भी अंगों का स्वाभाविक विकास, शान्ता की अनुभवी आँखों को नहीं छल सका था। किन्तु चाहने पर भी वह कभी मुँह खोलकर कुछ नहीं कह पाई थी। अनकही वेदना की घुटन उसे पागल बना गई थी।

इतनी बड़ी कोठी में वह आज एकदम अकेली थी और शायद वही एकाकीपन उसकी चिन्ता को द्विगुणित कर गया था। लापरवाह बेटे की नौकरी की भी उसे क्या कुछ कम चिन्ता थी? देश की जैसी अवस्था थी उसमें अफसरशाही एक अभिशाप बनती जा रही थी। चाशनी की विराट कड़ाही में, जैसे हलवाई दूध डालते ही पूरा मैल सतह पर ले आता है, ऐसे ही भ्रष्टाचार की मलिनता सतह पर तैरने लगी थी, किन्तु किसी को भी उसे निकाल बाहर फेंकने की चिन्ता नहीं थी। अपने पुत्र के भविष्य को भी, वह उस चाशनी की मलिनता के बीच तैरता स्पष्ट देखकर सिहर उठी थी, किन्तु स्वयं शेखर को इसकी कोई चिन्ता नहीं थी। शान्ता स्वयं भी एक जिलाधीश की पत्नी रह चुकी थीं, किन्तु कैसा निरंकुश सम्राट् था उसका पति! सुबह से ही डालियाँ आने लगतीं तो खाली करते-करते हाथ दुखने लगते! चमकती चपरास में नम्रता से दुहरे हुए, बीसियों ताबेदार हाथ बाँधे 'हुजूर' 'गरीबपरवर' जैसे कर्णप्रिय सम्बोधनों से कोठी गुँजाते मिट्टी के खिलौनों-से अडिग खड़े रहते। मजाल है कि बिना 'सरकार' के ओंठ तो हिला लें! कहीं जलसा होता तो हाथों-ही-हाथों में उछलती वह न जाने कब किसी आलमगीर शामियाने की केन्द्रबिन्दु बनी इनाम बाँटने लगती! कभी कुछ लेने बाजार की ओर उसकी मोटर मुड़ती तो ऐसी भगदड़ मच जाती जैसे अवध की कोई बेगम आ गई हो! जिले में सिनेमा लगा हो या सर्कस, नुमाइश हो या कोई उत्सव, जब तक कलक्टर साहब पत्नी सहित न पहुँचते, मजाल थी जो सर्कस का शेर दहाड़ तो ले!

और आज! कल की वही राजमहिषी आज राजमाता थी, किन्तु रियासती युवराजों की ही भाँति, उसके युवराज का भी प्रिवीपर्स अब नियति ने छीन लिया था। पति के राज्य में, अब कभी एक जिले से बदली होती तो स्टेशन पर विदा देने मेले की-सी भीड़ जुट जाती थी। न जाने कितने गुलदस्ते और जरी-गोटे की मालाएँ! मालाएँ भी ऐसी जैसी द्वारकाधीश के गले में पड़ी रहती हैं। कितने ही आत्मीय स्वजनों के शादी-ब्याह में बाँट देने पर भी अब तक एक पेटी में ऐसी ही कितनी मालाएँ धरी थीं। और अब पुत्र की बदली होती, तो उसे चोरों की तरह मुँह छिपाए भागना पड़ता। अभी यहीं बदली होने लगी तो उसका एक हितैषी मातहत उसे चेतावनी दे गया था, 'माँजी, साहब से कहें, जिस दिन जाना हो, चुपचाप चले जाएँ। सामान आता रहेगा। कुछ दुश्मन उन्हें जाने के दिन जूतों की माला पहनाने का षड्यन्त्र रच रहे हैं!'

निर्दय जमाना कितनी बेरुखी से पैंतरा बदल गया था! किन्तु उसके मूर्ख पुत्र को कोई चिन्ता ही नहीं थी, होती तो सगी भाभी के साथ क्या ऐसे मुँह काला करता?

उदासी में क्रमशः डूबती जा रही शान्ता सहसा दूसरी बार चौंकी।

इस बार अर्दली हाथ में टोकरी और सूटकेस लटकाए चला आ रहा था और पीछे-पीछे हाथ का थैला झुलाती कान्ता, वहीं से हँस-हँसकर कहने लगी थी, 'वाह नान'दी, खूब हो तुम भी! इतनी बड़ी कोठी में और कहीं जगह नहीं मिली तुम्हें? इस अँधेरे में, यहाँ क्या कर रही हो अकेली?'

उसकी यह छोटी बहन कान्ता, पहाड़ की सुप्रसिद्ध समाज-सेविका थी। विवाह हुआ था एक दरिद्र-परिवार में और विवाह के तीसरे ही महीने वह विधवा हो गई, किन्तु वही वैधव्य उसके भाग्य के बृहस्पति को तुंग में बिठा गया।

सफेद रेशमी साड़ी, ललाट पर रोली का टीका, एक हाथ में मर्दानी घड़ी, दूसरे में लटका खद्दर का थैला, जिसमें वह देश के किसी भी राजभवन में सम्मानित अतिथि बनने का बीसा लिए घूमती रहती थी। उसका अपना एक महिला-आश्रम भी था, जिसके सन्देहास्पद अस्तित्व को लेकर कई बार असेम्बली के प्रश्न उसकी बखिया उधेड़ चुके थे, किन्तु फिर भी कोई उसका बालबाँका नहीं कर पाया था। वह दिलेर किन्तु मर्दानी महिला प्रायः ही अपनी आश्रम-कन्याओं का दल-बल लिए देशभ्रमण के लिए निकलती रहती। इस बार भी वह उन्हें लेकर ही निकली थी, किन्तु भ्रमण के लिए नहीं, इस बार

स्वयं अपने अप्रसन्न चित्त की हवाबदली उसके लिए अनिवार्य हो उठी थी।

आश्रम में उसके किसी ऊँचे मित्र की सिफारिश से आई एक आश्रम-कलिका दूसरे ही दिन मुरझाकर धरती पर पड़ी मिली थी। कमरे की बल्ली से लटके उस शव की बीभत्स मुखमुद्रा उसे विक्षिप्त-सा बना गई थी! ईश्वर की कृपा से मामला जटिल नहीं हो पाया और वह बड़े छल-बल से आश्रम-दुर्ग की ड्योढ़ी पर ताला डाल इतनी दूर चली आई थी। लड़कियों को उसने अपनी एक परिचिता ब्रह्मकुमारी के आश्रम में रिफ्रेशर कोर्स करने छोड़ दिया और स्वयं बड़ी बहन के पास आ गई। तब वह क्या जानती थी कि बहन उससे भी अधिक गहरे जानलेवा दलदल में फँसी छटपटा रही है!

रात को दोनों बहनें अगल-बगल लेटीं तो शान्ता ने उसे अपनी मनोव्यथा सुना उसके दोनों हाथ पकड़ लिए, 'कान्ता, अब तू ही मुझे उबार सकती है। रजनी को इसी महीने किसी फैमिली प्लानिंग की सेमिनार में विदेश जाना है, कुछ महीनों तक बाहर रहेगी। इसी बीच तू कोई सुन्दर-सी लड़की देखकर, इसके फेरे फिरवा दे! अपने इस लड़के की दुर्बलता मैं जानती हूँ, कान्ता! सुन्दरी लड़की देखकर यह कभी ना नहीं कह पाएगा। और मुझे इसे देखकर लगता है, जैसे मन-ही-मन स्वयं इसके पापा का पश्चात्ताप इसे घुला रहा है। यह खुद ही उस नागिन के पंजे से छूटकर भागना चाह रहा है!'

कान्ता ने हँसकर बहन का हाथ दबाया था, 'चिन्ता मत करो, नान'दी। मैंने ऐसी कितनी ही नागिनों के विषदन्त उखाड़कर दूर फेंक दिए हैं। इससे भी निबट लूँगी। मैं एक देवकन्या-सी भोली लड़की को जानती हूँ। बाप प्राइमरी स्कूल का हेडमास्टर है, बड़े दद्दा का अन्तरंग मित्र। दो साल हुए, लड़की की माँ मर गई है। इसी साल प्राइवेट हाई स्कूल की परीक्षा दे रही है। मेरे ही आश्रम में कुछ दिन रहेगी। तुम छुटके को भेज दो, बाकी काम मेरा।' छुटके को फिर भेजना ही पड़ा। रजनी गई, और नियति उसे स्वयं ही एक मीटिंग का उत्कोच देने नैनीताल खींच ले गई।

मौसी का आश्रम शहर से सात-आठ मील की दूरी पर था। उस पर दुर्गम पथ पर बस तो दूर, जीप भी नहीं जा सकती थी। इसी से वह शायद वहाँ जाने से कतरा रहा था, पर एक दिन मौसी स्वयं ही घोड़ा लेकर उसे लेने उपस्थित हो गईं और उसे जाना ही पड़ा।

'जानती हूँ छुटके, तेरी यह नौकरी तुझे पूरा भारत-दर्शन करा लाई है, पर एक बार हमारे पहाड़ का इण्टीरियर भी तो देख ले। यहाँ जो भी आता है,

सहज में लौटना नहीं चाहता।' मौसी स्वयं, एक लद्दू घोड़े में आगे-आगे दुल्की चाल में झूमती चली जा रही थीं।

आश्रम की सुरम्य स्थिति ने सचमुच ही शेखर को बाँध लिया था। एक ओर कालाढूँगी की टेढ़ी-मेढ़ी घूमती नई मोटर रोड किसी बलखाती नदी-सी पर्वतों की हरीतिमा में खो गई थी, दूसरी ओर क्रमशः तराई के उतार में उतर रही काठगोदाम की सड़क पर पल-पल में दिख-दिखकर छिपती मोटरें, विराट कलेवर की बसें, दूर से खिलौनों-सी फिसलती चली जातीं। आश्रम एक गहरी घाटी में नन्हें घरौंदे-सा उभरा धरा था। शायद गहन घाटी की वही गहराई, लम्बी-लम्बी शाखाओं के प्रत्येक श्वास-प्रश्वास को दुगुने वेग से गुँजाकर पूरे वातावरण को एक अनोखी गरिमा से मण्डित कर जाती थी। कुछ ही दूरी पर एक अनामा नदी गोल-गोल पहाड़ी बहुरूपिया की भाँति वेश बदलती, जलप्रपात बन जाती थी। जलकणों की फुहार, प्रपात का गर्जन और काफल के वृक्षों का गहन झुरमुट देखनेवाले को सहमाकर रख देता था।

'हमारे आश्रम में बाथरूम की सुविधा तो नहीं, छुटके! ले, तू तौलिया लेकर सामने नदी पर नहा आ। मैं तब तक गर्म चाय तैयार कर रखती हूँ।' मौसी ने उसे एक प्रकार से धकेल ही दिया था। उसे तो आज भी यही लगता है कि मौसी ने किसी कुशल फिल्म डाइरेक्टर की भाँति अपने मायावी चलचित्र की पूरी सिच्युएशन ही उसके लिए पूर्वाभ्यास से सँवारकर रख दी थी। वह, न जाने कब तक उस हिमशीतल जलविहार में तैरता, कालरात्रि से भयावह अपने उस अतीत को भूल-बिसरकर रह गया था, जब रजनी के साथ अस्पताल की देहरी पर पैर रखते ही, उसका कलेजा बुरी तरह धड़क उठा था। किन्तु उस दुःसाहसिनी के चेहरे पर एक शिकन भी नहीं उभरी थी। चुपचाप जाकर वह बिस्तर पर ऐसे लेट गई थी जैसे दाँत उखड़वाने आई हो। यन्त्रचालित पुतले की भाँति उसने स्वयं वह कार्ड भरा था, पति के नाम पर स्वयं अपने नाम को सही करते समय, हाथ बुरी तरह काँपने लगे तो धृष्टा युवती डाक्टरनी मुस्कराई थी, 'घबड़ा क्यों रहे हैं? ऐसे पति क्या अकेले आप हैं? यहाँ तो दिनभर ऐसे बीसियों पति आते रहते हैं।'

'ह्वाट डू यू मीन?' उसने गुर्राने की चेष्टा भी की थी, किन्तु वह डाक्टरनी क्या दूधपीती बच्ची थी, जो इतना भी नहीं समझती? कौन पति भला अपनी स्वस्थ पत्नी के मातृत्व को स्वेच्छा से गला घोंटने इतनी दूर आता है? फिर दवाइयों की दुर्गन्ध, रजनी के शरीर में लगी ग्लूकोज-डिपिंग, असह्य वेदना से

क्षण-क्षण सफेद पड़ता उसका चेहरा, वह रक्तकुंड और फिर उसके रक्तहीन ललाट पर स्वयं उसके अधरों का क्षणिक स्पर्श, 'रजनी, रजनी!' उस स्पर्श में कितनी कृतज्ञता थी, कितना दुलार!

'थैंक गॉड शेखर! मुक्ति मिल गई, पर मुझे लगता है, अम्माजी सब समझ गई हैं।'

'कैसे?' चौंककर शेखर के अधर उसके हिम-शीतल ललाट से स्वयं ही विलग हो गए थे।

'जब हम आ रहे थे तो पूछने लगीं, अचानक यह दोनों के एकसाथ बम्बई जाने का प्रोग्राम कैसे बन गया, बहू?'

मैंने बड़ी ही स्वाभाविकता से हँसकर उन्हें बहकाने की चेष्टा की थी, 'एक केस है अम्माजी, और शेखर को भी भाग्य से एक सेमीनार में, ठीक इसी समय वहाँ जाना है।'

'इतनी दूर? बम्बई में क्या उस केस को और कोई डाक्टरनी नहीं जुटी?'

'जुटेगी क्यों नहीं, पर उसका पहला बच्चा मेरे ही हाथ का है, यह दूसरा भी पहले की भाँति ब्रीच है, अम्माजी, इसी से तो इतना खर्चा उठा रही है!' मैं जरा भी नहीं झिझकी, पर अम्माजी तनकर खड़ी हो गई थीं। उनकी व्यंग्यभरी हँसी, मुझे गर्म चीमटे-सा ही दाग गई थी, शेखर! कहने लगीं, 'समझी, पर मुझे तो लगता है बहू इस केस में खर्चा तुम्हें अपनी गाँठ से ही करना होगा।' और पट से उन्होंने अपने कमरे के द्वार बन्द कर लिए थे। बड़ी देर तक उनकी सिसकियों की आवाज़ मैं सुनती रही थी। हमारी ही मूर्खता थी। डाक्टर हूँ, फिर भी पन्द्रह हफ्ते तक यह सिरदर्द व्यर्थ मोल लेती रही।'

बम्बई से लौटते ही रजनी फिर तीन महीने के लिए विदेश चली गई थी। जाने से पूर्व वह सास से मिलने आई तो शान्ता ने बड़ी उदासीनता से मुँह फेर लिया था। बड़ी-सी कोठी में फिर माँ-बेटे की बोलचाल 'हाँ', 'ना' तक ही सीमित रह गई थी, इसी से उस घुटनभरे वातावरण के पश्चात, प्रकृति की गोद में किलकता, मौसी का वह आश्रम-शिशु, उसे अपनी निर्दोष चावनी से मुग्ध कर पाया था। वह शायद बड़ी देर तक तैरता रहता, सहसा भ्रमरावलि के-से ही गुंजन से चौंककर उसके कान खड़े हो गए। अब वही गुंजन खिलखिलाहट में बदलता और प्रखर हो उठा था। नदी की जलराशि कमर से कुछ ऊपर तक ही आती थी, इसी से वह एक पुष्ट चिकने पत्थर का सहारा लेकर खड़ा हो गया।

पास ही पेड़ों के झुरमुट के नीचे की आश्रम-कन्याएँ दल बाँध उसे ही देख-देखकर हँस रही थीं। इस अरण्य में इस आकस्मिक रस-वृष्टि के लिए उसका रसिक चित्त प्रस्तुत नहीं था। वह बड़ी धृष्टता से जल काटता, किसी तारपीडो के वेग से उसी ओर बढ़ा और 'बाप रे!' कहती सबकी सब तेजी से भाग गईं, केवल वही बैठी रह गई जिसे सम्भवतः या तो स्वयं कन्दर्प अपना धनुष थमाकर बैठ गया था या शेखर की व्यवहारकुशला मौसी!

वह एक बड़े-से लकड़ी के कूँडे में सोने से दमकते बड़े-बड़े पहाड़ी नींबू छीलकर रखती जा रही थी। न उसे, एकाएक सहमकर भाग गई साथिनों की चिन्ता थी, न उस जलदेवता की, जो अर्धनग्नावस्था में क्रमशः उसकी ओर बढ़ता चला आ रहा था। एक बार आँखें उठाकर उसने शेखर को देखा अवश्य, किन्तु न उस दृष्टि में कौतूहल था, न जिज्ञासा। वह फिर सिर झुकाए, उसी तल्लीनता से दही-चीनी मिलाकर नींबू सानने लगी। निकट आते ही भुनी भाँग के बीजों की विस्मृत सुगन्ध से शेखर के नथुने फड़कने लगे। बचपन में ननिहाल में खाए गए, कुमाऊँ के उस सने नींबू के अपूर्व स्वाद का चटखारा लेने उसकी जिह्वा मचल उठी, किन्तु साथ-ही-साथ नारी-सौन्दर्य के उस जन्मजात जौहरी का अविवेकी चित्त, एक दूसरे स्वाद का चटखारा लेने भी मचलने लगा था। कुछ उस किशोरी के बैठने की भंगिमा, कुछ तीखे नैन-नक्श से होड़-सी लेती उसके सौ फीसदी कुमाऊँनी गौरवर्ण, और कुछ उसकी उदासीनता उसके चारों ओर पवित्रता का एक अदृश्य घेरा-सा खींच गई थी।

'बाप रे बाप, इतना सारा दही-नींबू क्या अकेले ही खाओगी?'

उसने पास आकर किनारे लगे वृक्ष की जल में डूबी डाल को थामकर पूछा, 'सबको तो तुमने भगा दिया।' उसके कंठ-स्वर में भी पहाड़ी मन्दिर की ठुनकती घंटियों की-सी मिठास थी।

'तुम क्यों नहीं भाग गईं?' वह जान-बूझकर ही अब उसे कोकिला-सा चिढ़ा रहा था।

'वे सब डरपोक हैं, मैं क्या किसी से डरती हूँ जो भाग जाऊँ?' इस बार उसके अधर सामान्य से स्मित के इन्द्रधनुषी खिंचाव से खिंचे और पहली बार उस दाड़िमदशनाद्युति के बीच एक नन्हे-से वक्रदन्त की आभा शेखर को सिर से पैर तक कँपा गई। यह कैसी अद्भुत ट्रिक फोटोग्राफी थी विधाता की! एक दाँत के ऊपर कोने का एक नन्हा-सा गजदन्त सामान्य-सा चढ़कर उसके 'क्यूपिड' अधरों को एक मोहक भंगिमा में मोड़ गया था।

हाथ का कूँडा उठाकर, वह जाने को उद्यत हुई तो शेखर ने निर्लज्ज याचक की भाँति, अपनी चौथी हथेली फैला दी, 'थोड़ा-सा हमें भी तो चखाती जाओ, हम तुम्हारी दीदीजी के अतिथि हैं, जानती हो?'

एक बार उसने चपल दृष्टि से उस विचित्र लुभावने पाहुने को देखा, फिर तिमिल के चौड़े पत्ते की चम्मच-सी बना उसे थमाने झुकी। दोना थामते ही वह खट्टे-मीटे नींबू को एक ही ग्रास में निगल गया, 'वाह, सचमुच रस है भई, तुम्हारे हाथ में! पर यह तो जीभ में ही लगा रह गया! थोड़ा और दो ना...!'

इस बार वह बड़ी ही अकृपणता से हँस पड़ी। हाथ का कूँडा नीचे धर, वह दूसरी बार उसे दोना थमाने आगे बढ़ी, और इस बार उस दुस्साहसी जौहरी ने उस अलभ्य रत्न को हथियाने में एक पल का भी विलम्ब नहीं किया। हाथ पकड़कर, उसने उसे इस तेजी से दोने सहित पानी में खींच लिया कि वह हड़बड़ाकर उसकी छाती पर ही आ गिरी।

'अरे बचाओ! बचाओ! हाय मैं तो तैरना भी नहीं जानती हूँ...अरी रमा, परु, लक्ष्मी!' वह भयभीत होकर, कलरव करते जल में ही डुबकियाँ खाती, शेखर को ही जकड़ती जा रही थी।

'तैरना नहीं आता तो क्या हुआ? तुम्हें हम सब सिखा देंगे।' शेखर उसे हँस-हँसकर, गहरे जल में खींचता चला जा रहा था और वह किसी अनाड़ी तैराक-सी निरर्थक नाक-मुँह से जल खाती घबराती, चीखती चले जा रही थी। उस अक्षत कौमार्य की कस्तूरी मृग की-सी नाभि-सुगन्ध, शेखर को पागल बना गई। उस अपरिचिता अनामा किशोरी को बाहुपाश में बाँध वह पागलों की भाँति चूमता चला जा रहा था। क्रमशः गहरी बनती चली जा रही जलधार, दोनों को एकसाथ जलप्रपात घातक की गहराई की ओर तिनके-सा बहाती ले जा रही है, इसका उसे ध्यान ही नहीं रहा था।

तब ही सहसा मौसी के मांसल कंठस्वर का करारा झापड़ उसकी कनपटी पर पड़ा, 'अच्छा, तो यही सब हो रहा है यहाँ? क्यों री छोकरी, हाई स्कूल का कौन-सा पर्चा दे रही है यह? इसीलिए बाप ने यहाँ भेजा है, क्यों?'

हड़बड़ाकर, भय से अर्द्धमूर्च्छित-सी हो गई जीवन्ती की चेतना लौटी।

'मैंने कुछ नहीं किया, दीदी, यही मुझे पानी में खींच ले गया। कसम खाकर कहती हूँ।' वह रुआँसी हो गई तो जल ही के भीतर शेखर के अनुभवी बाहुपाश ने, पलभर की परिचिता प्रेयसी को वर्षों पुराने परिचय का-सा आश्वासन दे दिया—

'क्या कह रही हो, मौसी! बेचारी पानी में फिसल गई थी, तैरना नहीं जानती। इसी से मैं सहारा देकर किनारे ला रहा था।'

'कैसा सहारा दे रहा था, मैं नहीं, मेरी सब लड़कियाँ भी बड़ी देर से खड़ी-खड़ी देख रही थीं। छिः-छिः शेखर, तू यहाँ आते ही ऐसे मेरी नाक कटवा देगा, जानती तो...'

'क्या कह रही हो, मौसी, मैंने इन्हें सहारा देने को ही हाथ पकड़ा था...' वह चोरी करते रँगे हाथों पकड़े जाने पर भी, बड़ी बेहयायी से सीनाजोरी करता चला जा रहा था।

'तब सुन ले लड़के, पहाड़ में किसी भी कुँआरी लड़की का हाथ, अनजान पुरुष जीवन में एक ही बार पकड़ता है। वह तो अच्छा है, लड़की ऊँचे खानदान की है, हमारा सम्बन्ध वहाँ हो सकता है, कोई ऐसी-वैसी होती तो मैं आज नान'दी को कैसे मुँह दिखाती?'

उस दिन मौसी के गले में नदी का ही एक भारी पत्थर बाँध, उन्हें वहीं डुबो देने को शेखर व्याकुल हो उठा था। दस मिनट बाद नहीं आ सकती थी!

'अब मेरा मुँह क्या देख रही है? चल बाहर निकल!' मौसी के कर्कश आदेश का पालन करती बेचारी, भीगी साड़ी लपेटती, बाहर निकल आई। और एक बार फिर, उस बेंत-सी लचीली देहयष्टि की एक-एक भीगी भाँज शेखर को विक्षिप्त बना गई थी। आज तक कोल्डस्टोरेज के बनावटी ताजे फल देखने की अभ्यस्त उसकी आँखें, पहली बार डाल से लटके, किसी सरल फल के नैसर्गिक सौन्दर्य को देख रही थीं। न जाने कब की तृषा से व्याकुल पथिक शीतल जल से लबालब भरे पात्र को अधरों से लगाने ही जा रहा था कि मौसी ने उसके हाथ से पात्र छीन लिया।

ठीक है, वह भी एक न एक दिन उस पात्र को फिर होंठों से लगाकर ही रहेगा। भाड़ में जाए रजनी, इधर उसके नखरे भी तो बढ़ गए थे। अम्मा अलग मुँह फुलाए बैठी थीं। मौसी तो कह ही गई थीं कि लड़की का कुल, गोत्र हमारे ही तबके का है। चतुर मौसी ने, उसके नहा-धोकर घर आने पर बड़े ही छल-बल से, उसे एक बार फिर जीवन्ती की अधूरी छटा दिखा उसे उन्मत्त कर, लड़की को न जाने किस जादुई डिबिया में बन्द कर दिया था।

फिर एक प्रकार से, किसी स्वप्न की ही भाँति सबकुछ हो गया था। मौसी ने माँ को फोन से सूचना दी और स्वयं उस अनोखे विवाह की योजना में कमर कसकर जुट गई थीं। गहनों का कामचलाऊ सेट खरीदा गया, आदमी

भेजकर बरेली से कामदार लहँगा, चुनरी मँगा ली गईं, पंडित बुलाकर लगन निकाला और बरात सजा दी। मामा ने ही सारा आयोजन किया था, वे ही बीच-बीच में जाकर शेखर को असंख्य हिदायतें देते रहते थे, 'बसस्टैंड से एकदम खड़ी चढ़ाई है रे शेखर! घबराना नहीं। मैंने घोड़ा भी मँगवा लिया है। पर आजकल इन बंजारों के भी तो दिमाग चढ़ गए हैं। सवारी के घोड़े उधर मिलते नहीं। तू ये चप्पल उतार, जूता पहन ले चटपट। घोड़ा नहीं आया तो उस चढ़ाई पर ये चप्पलें नहीं चलेंगी।'

घोड़ा आया ठीक ही था, पर लम्बे अयाल से लगभग अन्धे, उस लद्दू घोड़े पर बैठते ही भानजे की लम्बी काठी के लम्बे पैर, जमीन छूने लगे तो उसने झुँझलाकर कहा था, 'मामा, मैं पैदल ही चलूँगा।'

मामा ने बड़े गर्व से, बरातियों को देख हँसकर कहा था, 'अरे भई, कलक्टरी पास करने से पहले, पुलिस कप्तानी भी पास कर चुका है हमारा भानजा! माउण्ट आबू में, घुड़सवारी सीखी है। वहाँ के ऊँचे-ऊँचे घोड़ों की सवारी का आदी है...ठीक भी तो है। इस चावल, गुड़, तम्बाकू लादनेवाले लद्दू की सवारी करे भी तो कैसे?'

'ओफ, कैसी विकट चढ़ाई थी! उस पर निरभ्र आकाश, सहसा भयावह काले मेघ-खंडों से घिर गया था। ऊँचे-ऊँचे पहाड़ों को दहलाती मेघ-गर्जना, बीहड़ घाटियों में गरज-गूँजकर कलेजा दहला रही थी। दीर्घांगी देवदारों की प्रलम्ब शाखाएँ, तेज हवा में झूम-झूमकर सीटियाँ-सी बजाने लगी थीं और देखते ही देखते मूसलाधार वृष्टि ने बरात की प्रगति का पथ सहसा अवरुद्ध कर दिया था।

'लगन तो आठ ही बजे का है रे अम्बी, ऐसे कदम-कदम पर सुस्ताने से काम नहीं चलेगा!' एक बुजुर्ग ने मामा का हाथ पकड़कर उठा दिया था।

'चलो, चलो भाई, यह फिर इस साल का आखिरी लगन है। कहीं हाथ से चला गया तो सालभर दुलहन नहीं जुटेगी। रूपवती बहू पाना चाहता है तो वर्षा से मत डर, भानजे!' और फिर मामा हँस-हँसकर उसे हाथ से पकड़ खींचते ले जाने लगे थे।

बरात जब उस गाँव में पहुँची, तब अँधेरा हो गया था। मामा ने साथ चल रहे तुतुरी रणसींगी वादक को डाँटकर कहा था, 'अरे कैसी मनहूस चुप्पी साधे चल रहा है रे हरनाथ! लगा दे एक ऊर्ध्वमुखी फूँक। अरे, समधियानेवाले जान तो जाएँ कि किसी कलक्टर की बरात आ रही है।' फिर उसी गगनभेदी

तू-तू-तू...ने बरात के आने की सूचना दी थी। कैसी विचित्र थी बरात! सात-आठ बरातियों के बीच ठंड से थरथराता दूल्हा और शरीर से चिपका भीगा कुर्ता। वर्षास्नात मुकुट के गणेश-लक्ष्मी का कच्चा गुलाबी पीला रंग, उसके गोरे चेहरे पर रंग की लम्बी-लम्बी धाराएँ बनाता चला गया था, गाँव की चुलबुली लड़कियों के बीच, शायद तीन-चार शहरी धृष्टा सालियाँ भी आकर जुट गई थीं।

'अरी देखो, आज पहली बार हमारे गाँव में गुलाबी, पीला दूल्हा आया है। हाय राम, क्या सालियों से बेमौसमी होली खेलने आए हो भिंज्यू?'

और फिर उनकी मीठी हँसी, शेखर के कानों में मिश्री-सी घोल गई थी। जनवासे के लिए कन्या के पिता ने अपने ही प्राइमरी स्कूल का एक कमरा खाली कर दिया था। वहीं ब्लैकबोर्ड पर भीगे कपड़े टाँग, जलती अँगीठी पर किसी तरह अकड़े हाथ-पैर सेंक, बरात पलभर सुस्ताई थी। अपने तरुण श्वसुर को देख, पहले शेखर को विश्वास ही नहीं हुआ था कि वही कन्या का पिता है। चाहने पर तो वह व्यक्ति स्वयं ही सेहरा बाँध, नौशा बन सकता था। अन्त तक उसे विश्वास ही नहीं हो पाया था कि उसका विवाह हो गया है। बरात विदा होने लगी तो कन्या का वह सौम्यकान्ति तरुण पिता हाथ बाँधे उसके सम्मुख खड़ा हो गया था, 'आप लोग राजे-रजवाड़े हैं भैया, और मेरी यह जिबुली है बिना माँ की अल्हड़ छोकरी। अनजाने इससे कोई अपराध भी हो तो ध्यान रखना।' और फिर उस प्राइमरी स्कूल के हेडमास्टर की आँखें छलछला आई थीं। शेखर को पहली बार ऐसा लगा, जैसे उसका परिहास परिधि को लाँघ गया है। कहीं बरात घर पहुँचने से पहले ही अचानक रजनी लौटकर आ गई तब? कैसा दुस्साहसी दाँव लगा बैठा था वह! विवाह के बाद टेढ़े-मेढ़े दुर्गम मोड़ों से गुजरती बरातियों से भरी बस में फिर कहीं भी उसे अपनी नवविवाहिता पत्नी का चेहरा देखने का सुअवसर नहीं जुट पाया। काठगोदाम के वेटिंग-रूम में सब बरातियों से मुक्ति पा लेने पर भी उसके मामा निरन्तर उन दोनों के बीच यात्रा के अन्त तक मूसरचन्द बने बैठे रहे थे। घर पहुँचने तक चार ही जने रह गए थे, उसके मामा, पुरोहित, स्वयं वह और नई बहू।

स्टेशन पर बरात को लेने आई अम्मा और मौसी के बीच खड़ी रजनी को देखकर, फिर उसका समस्त उल्लास कपूर के धुएँ-सा उड़ गया था। किन्तु रजनी को वह जानता था। मौसी, मामा के सामने वह और जो कुछ भी करे, कभी कोई सस्ता नाटक प्रस्तुत नहीं कर सकती थी। सबसे पहले उसी ने आगे

बढ़ उसे बधाई दे नई बहू के दोनों हाथ थाम लिए थे। मौसी का गोलमटोल पृथुल चेहरा, किसी देवस्थल के स्वर्ण-कलश-सा ही चमचमा रहा था।

'इसी तीन बजे की फ्लाइट से मुझे दिल्ली जाना है रे शेखर—एक जरूरी मीटिंग है, देशभर के डेलीगेट्स आ रही हैं, पर मैंने नान'दी से कहा, पहले अपनी इस सम्माननीया डेलीगेट का सुन्दर चेहरा देख लूँ, तब जाऊँगी!' अल्हड़ बहू का घूँघट स्वयं हवा के उदार झोंके ने ही पलट दिया और उस नन्हे सलोने दाँत की झलक मौसी के साथ-साथ दूल्हा ने भी फिर दूसरी बार देख ली। ओफ, वह क्या कर बैठा था। यह तो सचमुच ही एकदम दूधपीती बच्ची-सी मासूम लग रही थी।

'देखा नान'दी, कहा था ना मैंने, लाखों में एक चेहरा इसे ही कहते हैं। ऐसी ही इसकी माँ भी थी, आज होती तो करमजली बेटी का सुख देख जाती।' मौसी ने एक लम्बी साँस खींचकर फिर उसके नुकीले चिबुक का स्पर्श कर अपनी अँगुलियाँ चूम ली थीं।

पहली बार बड़े साहस से शेखर ने रजनी की ओर देखा—वह भी शायद उसे ही देख रही थी। बड़ी ही तटस्थ उदासीनता से उसने आँखें फेर लीं, किन्तु पलभर की वह चाबुक की-सी मार शेखर की चमड़ी उधेड़ गई। यदि रजनी जानती कि उस दुस्साहसी बम्बई-यात्रा के ठीक पाँचवें ही महीने शेखर फिर मुकुट बाँधकर नौशा बन चल देगा, तो क्या इतनी आसानी से उसे मुक्ति दे देती? उसकी वही मूर्खता तो आज उसका गलग्रह बन सकती थी।

बहुत सम्भव था कि वह नौशा और पिता एक ही दिन बन जाता! अपने कुकृत्य की स्मृति से वह स्वयं ही सिहर उठा था, किन्तु रजनी के स्निग्ध चेहरे पर एक भी शिकन नहीं उभरी। शेखर, जीवन्ती, मामा, पुरोहित पीछे बैठे थे और रजनी के पार्श्व में अम्मा बैठ गई थीं। बिना कुछ कहे ही रजनी ने कार स्टार्ट कर दी तो गाड़ी की अस्वाभाविक रूप से तेज रफ्तार देख, अम्माजी नहीं स्वयं शेखर भी सहम गया। कहीं यहीं प्रतिशोध तो नहीं ले लेगी वह! तब ही अम्मा ने टोक दिया था, 'बहू, गाड़ी इतनी तेज मत चला...' उधर नई बहू का घूँघट जितनी ही बार हवा में उड़-उड़कर कन्धों पर गिर रहा था, उतनी ही बार उसकी भयभीत मृगी-सी विस्फारित दृष्टि देख शेखर की अन्तरात्मा उसे उतने ही कोड़े मार रही थी। जो आँखें पहली बार किसी नारी को स्टियरिंग व्हील थामे देख रही थीं, उनका विस्फारित होना स्वाभाविक था। उसने तो आज तक अपने गाँव की चाची-ताइयों को चिमटा-चकला, बेलने या गोलमटोल

गोरे बच्चे ही थामते देखा था। उस पर कितनी चौड़ी-चौड़ी सड़कें, सड़कों पर भागती मोटरें, बसें, कोलाहल, बाप रे बाप! घूँघट की सुधि ही भला उसे कैसे रह सकती थी! नए परिवेश को वह आँखों ही आँखों में पीती जा रही थी कि सुअवसर देख, दूल्हा ने अपने हाथ के पास सहसा आ टिकी नरम कुहनी को गुदगुदा दिया। चौंककर उसने नवीन सहचर को देखा। कुछ दिनों पूर्व के जल-विहार की सरल स्मृति, गहरी लालिमा बन, उन सुचिक्कन कपोलों पर बिसर गई। हड़बड़ाकर उसने गोद में गिर गई गुननारी चूनर घूँघट बनाकर फिर चेहरे पर खींच ली। कैसी विचित्र विडम्बना थी! दोनों के जीवन के संक्षिप्त 'हनीमून' का यही आरम्भ और यही अन्त था। उस नरम बताशे-सी धवल कुहनी का मधुर स्पर्श, वह लजीली चितवन, और फिर उस अनाड़ी घूँघट की यवनिका में वह भोला चन्द्रमुख सदा-सदा के लिए डूब गया था।

घर पहुँचते ही पुरोहित ने चटपट द्वार-पूजा निबटा दी, अम्मा ने अपने हाथों से उसे अपनी सतलड़ी पहनाई, पहाड़ी प्रथानुसार भंडार दिखाया और हाथ-मुँह धुला, उसे अपने ही कमरे में सुला दिया था। 'थक गई है बेचारी। पंडितजी, तुम कथा ही निबटा दो, फिर यहाँ तो पंडित भी सहज में नहीं जुटते।' कुल की प्रथानुसार सत्यनारायण के प्रति कृतज्ञता निवेदन के आयोजन से शेखर बड़े छलबल से ही निकलकर भाग आया था। 'अम्मा, मेरा एक मित्र बहुत बीमार है, अभी उसे देखकर आता हूँ।' जान-बूझकर ही वह फिर रातभर नहीं लौटा था। उसे पता था कि सुबह ही मामा और पुरोहित चले जाएँगे। उनके सामने कुछ अप्रीतिकर घटना न घटे, यही सोच, वह बड़ी दूरदर्शिता से माँ को चकमा दे आया था। मामा के सामने ही यदि उत्तेजनावश रजनी सब कुछ उगल बैठी तो निश्चय ही उसके सरल मामा अपने मित्र से उनकी पुत्री का दुर्भाग्य-प्रकरण नहीं छिपा पाएँगे। मामा के चले जाने पर ही वह दूसरे दिन लौटा, तो माँ उदास चेहरा लिए द्वार पर खड़ी शायद उसी का रास्ता देख रही थीं।

कार को गैरेज में डाल, वह बिना अम्मा से कुछ कहे ही, अपने कमरे में जाने लगा तो द्वार पर ही तमतमाया सूजा चेहरा लिए रजनी से टकरा गया। लगता था, वह रातभर रोती रही है। क्रोध, क्षोभ और अपमान से सुन्दर चेहरा भी कभी-कभी कैसा बीभत्स और विकृत हो उठता है! यदि उस दिन, उसके हाथ में भरी बन्दूक होती तो निश्चय ही वह शेखर की चौड़ी छाती पर निशाना साध देती।

'कायर की तरह घर से भागते शर्म नहीं आई तुम्हें...व्हाई कुड नाट ये फेस इट? सुना खुद ही तो अपनी सती मौसी के प्रख्यात आश्रम से यह रत्न पसन्द कर खजाने में लाए हो, फिर ऐसी अरुचि का अभिनय क्यों कर रहे हो?'

शेखर बिना एक शब्द कहे चुपचाप खड़ा था। उसकी इसी चुप्पी से रजनी और बौखला गई, 'छिः-छिः, तुम्हारे लिए, मैंने क्या नहीं सुना, क्या नहीं सहा? समाज का प्रच्छन्न व्यंग्य-विद्रूप, स्वयं तुम्हारी माँ के ताने। केवल तुम्हारी इज्जत बचाने को मैंने यदि स्वयं अपने हाथों अपने मातृत्व का गला न घोंटा होता तो क्या पता, आज ही के दिन शायद मैं तुम्हारी उस अजन्मा सन्तान की माँ बन जाती। दुख मुझे अपने ही लिए नहीं है, शेखर, दुख होता है तुम्हारे लिए—तुमने इस खाई में कूदने से पहले क्या एक बार भी आँखें खोलकर अन्धी गहराई नहीं देखी? जिस देहातिन के चेहरे पर ही रीझकर गोद में उठाकर ले आए हो, वह क्या तुम्हारे ऊँचे तबके के समाज की कठोर वास्तविकता को ग्रहण कर पाएगी? तुम्हारी माँ बार-बार मुझे सुनाती थीं, पाप-पाप, पाप की छूत लग गई है मुझ पर। पाप क्या वह मुझ अकेली का था? क्या वह उनके बेटे का भी पाप नहीं था?'

रजनी की छरहरी देह, उत्तेजना से थरथर काँप रही थी। कंठस्वर आवश्यकता से अधिक ऊँचा होकर हिस्टिरिकल गूँज से गूँजने लगा था।

'रजनी, मूर्ख मत बनो।' शेखर ने धीमे दुलार के स्वर में उसे पुचकारा, उसकी दुबकी कलाइयाँ थाम लीं।

'छोड़ दो मुझे! छोड़ दो!' सिसकती वहीं जमीन पर वह निढाल होकर बैठ गई और ढीला जूड़ा पीठ पर बिखर गया।

'रजनी, रजनी!' शेखर उसे उठाने झुका ही था कि कमरे का पर्दा खोल, खुले केश पीठ पर लहराती, कमरे की वास्तविक अधिकारिणी भयभीत मृगी-सी कुलाँचें भरती सीढ़ियाँ उतर गई।

शेखर के हाथ-पैर पसीज गए। तो क्या वह कमरे में बैठी सुन रही थी।

शेखर का हाथ सिसकती रजनी की ही पीठ पर धरा का धरा रह गया था और न जाने कब तक धरा रहता, यदि अम्मा न आ जातीं!

माँ का ऐसा विकट अग्निगर्भा रूप शेखर ने जीवन में पहली बार देखा था।

'छिः-छिः, शेखर, इससे तो तुम दोनों मुझे काट-कूटकर कहीं बहा आते!

एक तो तू खा ही गई थी, बहू, आज दूसरे को भी निगल गई! कोई कसाई भी होता तब भी शायद इस निर्दोष बच्ची का गला चाक करने में झिझकता! उसने तेरा क्या बिगाड़ा था? इस अभागे से क्या तू एकान्त में नहीं निबट सकती थी? जान-बूझकर ही क्या उसे सजा-धजाकर इसके कमरे में बिठा आई थी? ठीक ही तो है, बलि देने से पहले हमारे पहाड़ में खसी बकरे को खूब खिला-पिलाकर, रोली-चन्दन से सजा दिया जाता है। लगता है, पहाड़ की ऐसी ही बलि देखकर तू भी खूब सीख-पढ़ आई है, बहू! अब एक बार नीचे चलकर भी देख आओ। लड़की कैसे तड़प-तड़पकर बिलख रही है। कह रही है, अम्माजी, मुझे मेरे बाबू के पास अभी भेज दो, मैं यहाँ नहीं रहूँगी।'

सचमुच ही, उस बित्तेभर की लड़की ने अपने अनशन से उस टूटते घर की दीवार को हिलाकर रख दिया था। जब तक उसे घर नहीं भेजा जाएगा, वह इस नए गृह का अन्न-जल भी ग्रहण नहीं करेगी! सास ने रो-रोकर उसके गौर चरण-युगल पर माथा भी टेक दिया था, 'मरद का गुस्सा बड़ा मोटा होता है, बेटी! तू शेखर को एक बार नाराज कर देगी तो फिर अपना ही सोहाग लेगी।'

'नहीं, मैं बाबू के पास जाऊँगी,' वह अबोध बालिका-सी ही अपनी ज़िद दुहराती रही थी। अन्त में हारकर खिसियायी शान्ता ने शेखर के ही एक विश्वासी चपरासी के साथ उसे खोटे सिक्के-सा फेर दिया और कलेजा थामकर भाई और बहन के प्रताड़नापूर्ण पत्रों की प्रतीक्षा करने लगी।

क्या पता, समधी उससे कैफियत माँगने स्वयं ही आ धमके। आज तक पार्श्व में सोई उस निर्दोष किशोरी के निष्पाप चेहरे को वह जितनी ही बार देखती, पश्चात्ताप की लपटें उसे उतनी ही तीव्रता से झुलसाकर रख देती थीं। दोष तो उसी का था। अपने वैभव, पुत्र की ऊँची नौकरी और उसके सुदर्शन व्यक्तित्व का चारा फेंककर ही तो वह उसे अपने काँटे में फँसा इतनी दूर खींच लाई थी।

जीवन्ती के जाते ही जिस स्वाभाविकता से रजनी ने एक बार फिर गृहस्वामिनी का पद सँभाल लिया, उसे देख शान्ता की रक्तमज्जा भी दग्ध हो उठी। लगता था, दोनों ने ही नाक काट मुँह में डाली है। घर के भेदी अर्दली, फर्राश फिर भला लंका ढहाने में क्यों चूकते? दूसरे ही दिन, सब जान गए कि नई बहू लड़-झगड़कर मायके भाग गई है, और देवर-भाभी में फिर गहरी छनने लगी है। डाक्टरनी भाभी साहब के बगल के कमरे में दुमंजिले में सोती

हैं और अम्माजी नीचे। अब भी साहब पहले भाभी को अस्पताल पहुँचाते हैं, पहले ही की भाँति दोनों एकसाथ क्लब जाते हैं, सिनेमा जाते हैं, हँसते हैं, खिलखिलाते हैं, नहीं हँसती हैं तो अम्माजी। उनका चेहरा कुछ ही दिनों में एकदम बदल गया है, जब देखो तब हाथ की माला फेरती, पूजा के कमरे में न जाने क्या-क्या बुदबुदाती रहती हैं।

ऐसे ही उस विषाक्त वातावरण में घुटती-घुटती शान्ता, जैसे एकदम ही घिस गई। कई महीनों की व्यर्थ प्रतीक्षा करने पर भी जब जीवन्ती के पिता का कोई पत्र नहीं आया तब हारकर उसने स्वयं ही कान्ता को पत्र लिखकर उसकी कुशल पूछी थी। तीर-सा ही तीखा उत्तर देने में कान्ता ने विलम्ब नहीं किया था, 'हद है नान'दी, तुम बहू की कुशल किस मुँह से पूछ रही हो? मुझे तुमसे ऐसी ही आशा थी। तुम्हारी जगह यदि मैं होती तो क्या उस मूर्ख छोकरी को परसी थाली में ऐसे लात मारकर मायके भागने देती? उस कुलटा डाक्टरनी को दुलत्ती झाड़कर नहीं भगा सकीं तुम? भगा दिया उस गरीब लड़की को। अब वह कभी नहीं लौटेगी नान'दी! वित्तहीन ही आत्मसम्मान के धनी होते हैं, बहन! सुना है, पुत्री के ही दुख से संतप्त होकर वह दरिद्र ब्राह्मण अपने किसी साले के पास बम्बई चला गया है।'

बम्बई? शान्ता का दिल डूब गया था। ऐसा चाँद-सा चेहरा लेकर वह बम्बई चली गई तो अब लौटकर कभी आ सकती थी?

धीरे-धीरे, एक-एक कर कितने ही वसन्त आकर चले गए, किन्तु जीवन्ती लौटकर नहीं आई। उधर घर का सर्वनाश कर सास के सुनहले स्वप्नों की होली जला रजनी फिर विदेश चली गई और वहीं की होकर रह गई। वहीं किसी विदेशी सर्जन से विवाह कर उसने अपनी गृहस्थी बसा ली थी। इधर पुत्र के अनियमित मद्यपान, उसकी खर्चीली आदतों और कुसंगति ने उसे कहीं का नहीं छोड़ा था। जिस जिले में जाता, वहीं उसकी एक-न-एक दुष्कीर्ति उसे खोटे सिक्के-सा फेर एक-एक सीढ़ी नीचे उतारती चली जाती। स्वयं शान्ता भी शरीर और मन से एकदम टूट चुकी थी। पुत्र के न बतलाने पर भी शरीर और मन से एकदम टूट चुकी थी। पुत्र के न बतलाने पर भी वह जान गई थी कि उसे किस असाध्य रोग का घुन चाटे जा रहा है। कोबाल्ट जिस रोग में लगता है, वह खूब समझती थी। उसे कुछ हो गया तो उसके इस फक्कड़ बेटे के भविष्य का क्या होगा—यही चिन्ता उसे खाए जा रही थी। कभी वह

किसी मीटिंग से अपना उतरा मुँह लिए लौटता तो शान्ता का कलेजा भीतर ही भीतर कोई मरोड़ देता। कैसा आनन्दी बेटा था उसका! इधर देखते ही देखते न जाने कैसा होता जा रहा था। होता भी कैसे नहीं! चिन्ताएँ भी क्या एक-आध थीं? जिस बहनोई से कभी उसकी दाँत-कटी रोटी की मैत्री थी, उसी से अब बोलचाल भी बन्द हो गई थी। यह उसी का दुर्भाग्य था कि दामाद इंजीनियर था और बेटा आई.ए.एस.। अचानक दोनों के पेशों के बीच पड़ गई दरार ने खून के रिश्ते को भी धो-पोंछकर बहा दिया था। दामाद ने पत्नी के मायके की यात्रा भी सदा के लिए बन्द कर दी थी। पीने-पिलाने ने शेखर का यकृत भीमाकार कर ही दिया था, रही-सही कसर जिले के दंगों ने पूरी कर दी। असंख्य अदृश्य पवनसुतों की भाँति अपनी सशक्त पूँछों में दहकता लूका लपेट, कभी कुछ उत्साही तरुण सरकारी इमारतों की सुवर्ण लंका भस्म कर रख देते। कभी हिंसा पर उतारू क्रुद्ध भीड़ मनमानी लूटपाट मचाती, उसी की कोठी के बाहर धरना देने पहुँच आकाश सिर पर उठा लेती।

—अफसरशाही नहीं चलेगी, नहीं चलेगी! काश, वह अपनी उस हीरे-सी बहू को कहीं ढूँढ़-ढाँढ़कर, यह चाबी का गुच्छा सौंप सकती? इन्हीं तनावपूर्ण करवटों के बीच एक अशोभनीय घटना ने शान्ता की उलझनें स्वयं ही सुलझाकर रख दीं। शेखर के बहुरंगी जीवन-मंच पर खिंची अन्तिम यवनिका जितना ही आकस्मिक थी, उतनी बदरंग और वीभत्स भी थी।

अपने किसी अर्दली की किशोरी-नवेली पत्नी को छल-बल से अपने बँगले में बुला, शेखर ने स्वयं ही अपनी नौकरी की अकाल-मृत्यु का वरण किया था। जब अविवेकी मदान्ध शेखर उसे बाहुपाश में बाँध, भूखे शेर-सा उस पर टूट पड़ा था, तभी रोशनदान के पट खोल उसके अर्दली के भाड़े के फोटोग्राफर ने कैमरा खटकाने में ब्रिटिश मन्त्रिमंडल को अपदस्थ कर देनेवाले विदेशी रिपोर्टर की-सी दक्षता का प्रदर्शन किया था। तसवीर धुलकर आई और साथ ही उसकी ऊँची नौकरी का अतीत भी पलभर में धुलकर बह गया।

इसी धक्के को शान्ता नहीं सह सकी। बड़े तड़के ही उठकर वह गंगा नहाने निकली और फिर नहीं लौटी।

रेतीले तट पर उसकी साड़ी, चप्पल और चश्मा देखकर समझनेवाले समझ गए कि लहरों ने उसे नहीं खींचा, वह स्वयं ही लहरों में खिंच गई है।

माँ की आकस्मिक मृत्यु और रहस्य के कलंक की कालिमा से म्लान चेहरा

लिए शेखर शहर से दूर एक ऐसे अरण्य-स्थित भुतहे बँगले में डेरा डालकर जम गया, जहाँ किसी रहस्यमयी आत्मा की उपस्थिति ने न तब तक मकान-मालिक को ही रहने दिया था, न किसी किराएदार को। चारों ओर बियाबान जंगल था और पास ही में झाड़-झंखाड़ के बीच, भग्नावस्था में खड़ा था, एक किसी विस्मृत सती का चौरा। लोग कहते थे, उसी सती की आत्मा उस बँगले में किसी को फटकने भी नहीं देती, इसी से नाममात्र के किराए पर ही शेखर को वह बँगला मिल गया था। दो महीने से वह एकदम अकेला वहाँ रह रहा था, किन्तु कभी विचलित एक पत्ते ने उसे शंकित नहीं किया। लगता था बुभुक्षित दुःसाहसी, नारी-लोलुप उस नये किराएदार की उपस्थिति ने ही इस बार शायद स्वयं सती की आत्मा को सहमाकर दूर खदेड़ दिया था। आसपास की लतागुल्मों की निरर्थक तोरणों को काट-छाँट, उसने दूर से बेलीगारद से लगते उस खडहर-बँगले को सचमुच ही दर्शनीय बना दिया था। लगता था, लम्बी कैद से छूटा कोई कैदी, दाढ़ी-मूँछ काट-सँवार पुनः सभ्य समाज के घेरे में लौट आया है। तीसरे-चौथे दिन, यत्न से धुली-पुँछी कार निकाल, वह शहर जाता और ढेर सारी पुस्तकें, पत्रिकाएँ, डबल रोटी, हैम सौसेज की पूरी बोतलें लाकर अपने तामसी भंडार को भरकर रख देता।

अपने इस एकान्तवास में, अब उसे एक अनूठा आनन्द आने लगा था। किन्तु उस आनन्दानुभूति के बीच भी कभी-कभी नारीसंग की उत्कृष्ट कामना उन्माद का रूप ले लेती। ऐसे क्षणों से मोर्चा लेने वह किसी कबाड़ी की दुकान से कभी खरीदी गई दीमकों की चाटी गरुण-पुराण की जराजीर्ण पोथी खोलकर बैठ जाता—कभी-कभी उसकी एक-एक पंक्ति उसकी शिराओं में ग्लूकोज की-सी नली लग जाती।

‘आपत्ति आने पर भी कैसा मनस्ताप? धीर मनुष्य कष्ट पाकर भी दुखी नहीं होते। क्या राहु से पीड़ित चन्द्रमा फिर उदय नहीं होता?’

उसी क्षण उस सिंहव्रती ने अपने एक पुराने परिचित बैरिस्टर की खोज में निकलने का निश्चय ले लिया था। जैसे भी हो, राहु से पीड़ित चन्द्रमा की ही भाँति उसे फिर से उदय होना ही होगा।

अर्दली की पत्नी को उसने नशे की झोंक में बाँहों में बाँधा भर था, जिस जघन्य अपराध की कालिमा पोत, उसे विभागीय उलटे गर्दभ पर आरूढ़ करा, यह वनवास दिया गया था, उसे वह मिटाकर रहेगा। इस बैरिस्टर की अनुभूत दलीलों के ब्रह्मास्त्र, किसी भी मुकदमे में कभी विफल नहीं होते, यह वह सुन

चुका था। कितने ही खूनी अपनी विपक्षी बिरादरी को इसी बैरिस्टर की घूटी के बूते पटखनियाँ दे मूँछों पर ताव देते आजाद इधर-उधर डोलते थे। सरकारी भ्रष्टाचार के दलदल में अचानक फँस गए सरकारी मुलाजिमों का तो वह एकमात्र मसीहा था। न जाने कितने कानूनी 'रिट' के गण्डे-ताबीज, बगलामुखी कवच उसकी जेब में धरे रहते। किन्तु वसूली करने में भी वह शौर्यलोक-सा ही निर्गम था। इसी से पच्चीस-तीस हजार से कम का आसामी गण्डा बँधवाने बाँह बढ़ाने का दुःसाहस कभी कर ही नहीं सकता था।

शेखर से भी उन्होंने यही कहा, 'चिन्ता मत करो, सब ठीक हो जाएगा, पर तीस हजार से एक पैसा कम नहीं लूँगा। यह रियायत भी केवल तुम्हारे लिए है, क्योंकि तुम मेरे पुत्र के बैचमेट हो।'

अपने उस अरण्यवास में लौटकर शेखर गहरी चिन्ता में डूब गया था। कहाँ से ला सकता था वह इतने रुपये! और कहीं हार गया तब! बहन, बहनोई पहले ही मुँह मोड़ चुके थे। जिन मित्रों को, कभी-कभी उसे आधी रात को धक्का दे अपनी कार में बिठा जबरन उनके घर पहुँचाना पड़ता था, उन्होंने उसकी पदावनति के साथ ही, बड़ी बेरुखी से पीठ फेर ली थी। ठीक ही तो था—कस्यस्ति को वल्लभः? उस जैसे सूखे फूल पर क्या कभी भौंरे मँडरा सकते हैं।

कैसा आश्चर्य था कि जिस कागज के ठोंगे में वह लम्बा मार्ग काटने के लिए मूँगफली खरीदकर लाया था, वही उसकी विकट समस्या का समाधान कर गया!

पहले वह चौंका, फिर कार रोककर उसने त्रिकोणी कागज की भाँजें ठीक कीं और फटी-फटी आँखों से उसे देखता ही रह गया। पाँच वर्षों का व्यवधान चीर वह, उसके सम्मुख फिर अपनी उसी दिव्य परमहंस हँसी का जाल बिखेरती खड़ी थी। प्रलम्ब पक्षों के नीचे वह लचीली चितवन, सामान्य से उठे अधरों को उसने अब पेशेवर अन्दाज से सँवार और भी घातक बना लिया था। एक हाथ से उस चित्रांकत चेहरे को छिपा यदि कोई उसे लावण्य से सुचिक्कन उस तनु को दिखाता, तो शायद वह नहीं पहचान पाता। जिस मुट्ठी-भर की कमर, किशोर के-से सपाट वक्षस्थल, लम्बे-लम्बे दुबले हाथ-पैर की स्वामिनी के साथ, उसने कभी अग्नि की परिक्रमा कर, सप्तपदी सम्पन्न की थी, वह क्या यह हो सकती थी? किन्तु चेहरा? इस चेहरे को एक बार देख लेने पर, दुबारा पहचानने में तो कोई अन्धा पुरुष ही भटक सकता था।

असंख्य नारी-अधरों का स्पर्श भी आज तक उस निष्पाप क्षणिक मधुर स्पर्श की पावन स्मृति को नहीं मिटा पाया था! सहसा अदम्य कामना से, उसके अंग-अंग काँप उठे। कैशोर्य की, क्षीण नदी की जिस धारा की उसने कभी हृदयहीन अवहेलना की थी, आज वही वर्षा-मुखरा नदी, सम्पूर्ण यौवन-भार से छलकती अपनी तरंगों से उसे रसप्लावित कर उठी थी।

उसने पत्रिका के उस फटे पन्ने को ऐसी ममता से सहलाया, जैसे वह विस्मृत प्रेयसी के चित्र पर नहीं, स्वयं उसके अंगों पर ही हाथ फेर रहा हो। अंग-प्रत्यंग में झलमला रहे आभूषण, सीमन्त में भरी मुक्तामाला, केयूर-कंकण, नाभि तक झूल रही कंठमाला, अँगुलियों में जगमगाती अँगूठियाँ—लगता था अभी-अभी चित्रांकित सुन्दरी चरणाघात मात्र से ही नूपुर झनझनाती उसकी बाँहों में सिमट जाएगी। वह किसी सम्मोहित माध्यम-सा ही उसे एकटक देख रहा था। चित्र के नीचे नवोदित तारिका की प्रशस्ति में कितनी ही पंक्तियाँ सहसा अधूरे फटे पृष्ठ में खोकर रह गई थीं। अपने भोले चेहरे और अभिनव अभिनय से, उसने लक्ष-लक्ष दर्शकों के हृदय, अपनी मुट्ठी में बन्द कर, जमी अभिनेत्रियों को भी उखाड़कर दूर फेंक दिया था, आदि आदि।

निश्चय ही उसकी कीर्ति, अब तक सुवर्ण की वर्षा करनेवाले वरुण के छत्र को भी उसके कोष तक खींच लाई होगी। एक क्षण को शेखर की व्यवसायी कुटिल आँखों में, उसकी अभूतपूर्व योजना कौंध गई। जैसे भी हो, उसे इस सोने के अंडे देनेवाली अपनी इस खोई बत्तख को ढूँढ़ना ही होगा। कभी, जिसका अँगूठा उसने अग्नि को साक्षी बनाकर पकड़ा था, आज उसी के सम्मुख यदि घुटने टेक वह अपने दुर्भाग्य से मुक्ति पाने हेतु, याचक बन गया, तो क्या वह नहीं पिघलेगी? आज तक कौन-सी नारी उसके पौरुष की दहकती भट्टी में मक्खन की बट्टी-सी नहीं पिघल गई? अपने इसी अचूक अनुभूत नुस्खे पर ही तो उसे अटूट विश्वास था। अपने सूटकेस में, अपना सबसे दर्शनीय सूट सहेज, वह रात ही गाड़ी से चल पड़ा था।

बम्बई पहुँचकर उसने एक सस्ते-से होटल में डेरा डाला और स्वयं अपने ही अयत्न से खो गई निधि को ढूँढ़ने निकल पड़ा। जो उस महानगरी के चलचित्र जगत के नक्षत्र-खचित व्योममंडल की, सबसे द्युतिमान तारिका थी, उसे ढूँढ़ने में फिर भटकना नहीं पड़ा। होटल में लौट नहा-धोकर उसने बड़े यत्न से अपने को सँवारा।

अभिनय

ग्रे पैंट की तीखी धार, चौड़ी टाई की ढंग से बँधी गाँठ, डबल ब्रेस्ट का कोट पहन, वह सस्ते होटल के अयत्न से म्लान पड़े दर्पण के सम्मुख खड़ा हुआ, तब भी उसका दर्शनीय व्यक्तित्व उसे आश्वस्त कर गया। दाढ़ी बनने पर, उसकी चिकनी त्वचा की परतें किसी किशोरी के कपोलों की-सी ही स्वाभाविक लालिमा में रँग जाती थीं। तीखी नाक की यूनानी ढलान में शताब्दियों की सींची गई ऊँची खानदानी गरिमा थी। जूतों की चमक, सँवरे नाखूनों की सज्जा, और सर्वोपरि वाणी की मिठास उस छलनामय व्यक्तित्व को, बराबर अपनी नम्रता के आवरण में ढाँप-ढाँपकर साथ-साथ चलती थी। उसे देखकर कौन कह सकता था कि ऐसा सुदर्शन देवाकृति सुपुरुष, कभी-कभी अपने अरण्यवास में स्वयं अपने ही कुकृत्यों से प्रकम्पित होकर, सारी-सारी रात बिना पलक झपकाए ही काट देता है।

वह जब उसके द्वार पर पहुँचा, तब चेहरे पर थी बड़ी ही स्वाभाविक तुष्ट मुसकान और साथ में था सोने का वह सिगरेट केस, जिसे कभी रानी साहिबा ने अपने सदर दीवान को उपहाररूप में भेंट किया था।

किन्तु द्वार पर खड़े मुछन्दर गोरखा दरबान ने उसके प्रभावशाली व्यक्तित्व को देखा-अनदेखा कर दिया। ऐसे मोम के पुतले तो यहाँ नित्य टके के बीस बिकने आते रहते थे।

'क्यों जी, उर्वशी देवी इसी फ्लैट में रहती हैं?' उसने हाथ की सिगरेट को बड़ी अदा से सोने के सिगरेट केस पर ठकठकाकर पूछा।

'जी।' रूखा उत्तर देकर गोरखा फिर उसी अडिग मूर्ति की मुद्रा में तन गया।

'हमें उनसे मिलना है।'

इस बार उन मंगोल आँखों से विद्रूप की असंख्य किरण-सी छूट गईं। मोटे होंठ व्यंग्य में बुदबुदाए।

'उनसे अभी कोई नहीं मिल सकता, शूटिंग चल रहा है।'

'देखो दरबान, मुझे उनसे अभी मिलना है। सुना है, आज ही शाम वह फिर हवाई जहाज से किसी दूसरी शूटिंग के लिए कश्मीर जा रही हैं।'

'जी, ठीक सुना है आपने, इस वक्त किसी को जाने का आर्डर नहीं है। जिन सा'ब लोगों का पास था वह सब गया, आपके पास अपना पास है क्या?'

'नहीं, पर लो, यह कार्ड उन्हें दे दो, खुद बुलवा भेजेंगी।' बड़े ही आत्म-विश्वास से व्यवहारकुशल शेखर ने, अपने कार्ड के साथ-साथ एक सौ का नोट

भी गोरखे को थमा दिया।

'आप बैठिए', चपला लक्ष्मी का कटाक्ष काम कर ही गया। वह कार्ड लेकर भीतर गया और बड़ी ही नम्रता से दुहरा होता बोला, 'आएँ साहब, भीतर बुलाया है।'

असंख्य जगमगाती बत्तियों के प्रकाश के बीच, एक रामठोलसी बड़ी सर्चलाइट के नीचे, उनके अन्धकारमय जीवन का तेजपुंज हँसता खड़ा था।

एक ओर बिछी थी फूलों में सजी विवाह-सेज, शायद किसी सोहागरात की शूटिंग चल रही थी। दुलहन के वेश में दोनों गोरे हाथों में मेहँदी, कलाइयों के चूड़े और गदबदी भुजाओं के नौ नगें चमकाती, उसकी प्राणप्रिया मुस्कराती उसे आश्चर्य से देख रही थी। और कोई होता तो शायद चेहरे पर हवाइयाँ उड़ने लगतीं, किन्तु उस मृगेन्द्र के चेहरे पर एक शिकन भी नहीं उभरी। वह तो जैसे अपने जिले के मंच पर खड़ा, पुलिस टुकड़ी की सलामी लेता फिर वही ठसकेदार जिलाधीश बन गया था। कन्धों में स्वयं ही एकेडमी की शिक्षा का तनाव आ गया, छाती कबूतर के सोने-सी तन गई और उन्हीं नपे-तुले कदमों में लम्बी डगें भरता, वह मुस्कराता आगे बढ़ा। ओफ, कितनी लुभावनी बन गई थी वह वनकन्या! बड़े कौशल से अनावृत किए गए शरीर की एक-एक लुभावनी रेखा, पद-पद पर उसके स्मर हुताशन दग्ध चित्त को उन्मत्त बना रही थी।

वर्षों की दबी अतृप्त वासना, शरबिद्ध घायल सिंहनी-सी दहाड़ उठी। उस भीड़ के बीच उसे बाहुपाश में कुचल देने को उसकी भुजाएँ फड़क उठीं। लोग उसे आश्चर्य से देख रहे थे—कौन हो सकता था यह? कोई नया अभिनेता या इस रहस्यमयी स्वप्न-सुन्दरी का कोई चिरपुरातन प्रेमी?

आज तक लाख सिर पटकने पर भी, उस अज्ञात अभिनेत्री के अतीत के भारी परदों को, कोई तनिक भी उठा भीतर नहीं झाँक पाया था।

'कहिए, कैसे आना हुआ?' उसी ने अपने दिव्य स्मित का अभयदान देकर पहला प्रश्न पूछा।

जिस नन्हे वक्रदन्त को देखकर, वह माया-रूपिणी पूर्व-प्रेमिका रजनी पटेल की अग्निगर्भा दृष्टि को भी कभी भूलकर रह गया था, उसी की क्षणिक झलक, एक बार फिर उसके हृदय को वर्षों से अचल किसी घड़ी के पेंडुलम-सा ही हिला गई।

'कृपा कर जल्दी ही कहें, मुझे शूटिंग अभी खत्म करनी है... ।' उसने कहा।

'एक सेकेंड, एकान्त में आपसे कुछ कहना चाहता था', शेखर ने बड़ी चेष्टा से आँखें उठाईं, पर उस तिलोत्तमा के सलोने चिबुक पर उभरे नकली तिल पर ही उसकी नयन-पुतलियाँ जड़कर रह गईं।

'एकान्त?' वह हँसी, 'एकान्त तो हमारे लिए असम्भव है, यह शायद आप नहीं जानते। किन्तु क्षमा कीजिए...निर्लज्ज होकर कह ही दूँ, मेरे एक-एक पल का मूल्य इस समय दस हजार है...कहिए ना, संकोच क्यों कर रहे हैं? कुछ विपत्ति में पड़ गए क्या?'

नारी को भी विधाता ने कैसी सूक्ष्म दृष्टि दी है! शेखर मन-ही-मन सोच ही रहा था कि वह अपना सुवासित सलोना चेहरा एकदम उसके पास ले आई और शैनल की वही घातक देह-परिमल उसके संयम के रेतीले किले को ढहा गई।

घुटने के नीचे उसके दोनों पैर ठक-ठक काँपने लगे। ऐसी अवस्था तो उसकी तब भी नहीं हुई थी, जब उसे वह मनहूस चित्र दिखाया गया था।

'देखिए ना,' वह कहने लगी, 'मेरी सोहागरात का सीन आज सातवीं बार दोहराया जा रहा है, छह बार चौपट हो चुका है, इस बार डाइरेक्टर ने दक्षिण के सुप्रसिद्ध ज्योतिषी से यह मुहूर्त्त निकलवाया है। पाँच मिनट और बचे हैं...क्यों, कहिए ना...क्या मैं कुछ सहायता कर सकती हूँ?'

शेखर ने सिर हिलाया और वर्षों बाद अकृत्रिम ग्लानि से उसकी पापी आँखें छलछला उठीं। उसके पौरुष की आज यह कैसी नंगी पराजय थी!

'साबिर, मेरी चेक-बुक ले आओ,' उस कंठ स्वर के आदेश में किसी राजमहिषी की-सी गरिमामय गूँज खनक उठी।

पलभर में ही चमकता सूट पहने एक जनखे-सा छोकरा, चाँदी की तश्तरी में उसकी चेक-बुक रखकर ले आया।

'कितना?' पेन्सिल से अंकित भ्रू-विलास ने ही संक्षिप्त प्रश्न पूछा।

'तीस हजार।' वैसा ही संक्षिप्त उत्तर मिला।

'बस—?' वक्रदन्त से फिसलती दूधिया हँसी के व्यंग से सनी कटार घप्प से शेखर के कलेजे में घुस गई।

'थैंक्यू!' उसने उसी तत्परता से चेक लिया, जैसे कभी अपने जिले के महिला-मंडल का, युद्ध के चन्दे का चेक लिया करता था।

'आपकी बड़ी कृपा है।' उसने कहा तो उसके दोनों ओठ काँप रहे थे।

कैसा मूर्ख था वह! आने के पहले एक-आध पैग नीट ब्रांडी भी घुटक ली

होती तो छोकरियों की तरह ऐसे दिल तो नहीं धड़कता।

'कृपा कैसी?' इस बार घातक हँसी की छुरी का फाल, मूठ तक विष से बुझी थी, 'आपने और आपकी भाभी ने कभी मेरा कितना बड़ा उपकार किया था—वह क्या कभी मैं भूल सकती हूँ?'

वह फिर एक पल भी नहीं रुका। हाथ का चेक लिए तेजी से बाहर निकल गया।

चमचों की वाह-वाह, शिकारी कुत्तों की भाँति दूर तक उसका पीछा करती रही।

'वाह, वाह! इसे कहते हैं दरियादिली! सुना आपने? कभी इनके और इनकी भाभी ने उर्वशी देवी का उपकार किया था और आज बिना कुछ पूछे ही तीस हजार का चेक लिख दिया!'

शूटिंग फिर चलने लगी, कटि की किंकिणी खनकी, फूलों से सजी दुलहन, कोहवर में बैठी उस नवीन-सहचर की व्यर्थ प्रतीक्षा करने लगी, जो नशे में चूर एक नर्तकी के कोठे पर औंधा पड़ा था।

सहसा नववधू चौंककर देखती है, वही नर्तकी शराब के नशे में अपने हाथ का सहारा देकर कार से उतार रही है।

स्वयं अपने हाथों से बेले का गजरा नोंच, अब उसे बिलख-बिलखकर रोना था। उस दिन उसका वह हृदयद्रावक क्रन्दन, शूटिंग देखने आए दर्शकों तक को रुला गया था।

चमचे फिर ठनके—

'इसे कहते हैं अभिनय। जन्मजात अभिनेत्री को क्या अभिनय सीखने किसी फिल्म-इंस्टीट्यूट के दरवाजे खटखटाने पड़ते हैं।'

किन्तु अभिनेत्री के कानों में उसके अपूर्व अभिनय की प्रशस्ति का एक शब्द भी जैसे नहीं पड़ रहा था। वह तो उसी अडिग मुद्रा में, नुचे गजरों के बीच, विक्षिप्त-सी बैठी, न जाने किस शून्य क्षितिज को निहार रही थी। रंजित कपोल अभी भी गीले थे, किन्तु नकली लालिमा, नकली पलकों, नकली उत्तुंग उभार की कृत्रिम साज-सज्जा के बीच बहती अश्रुधार थी, एकदम असली। आज अपने चलचित्र-जगत् के संक्षिप्त जीवनकाल में, वह पहली बार अभिनय नहीं कर रही थी।

कौन

आज, मैं स्वयं अपने लिए एक समस्या बन गया हूँ, मैं भारत का प्रख्यात उद्योगपति, क्षमा कीजिए, अपना नाम नहीं ले सकता, आप सब मुझे जानते हैं। आप लोगों की दृष्टि में, महान देशप्रेमी, समाजसेवी, दानशील ऐसा कर्मयोगी हूँ, जो ख्याति या यश का भूखा नहीं रहा। कभी किसी धन के घोटाले में मेरा नाम नहीं छपा, मेरा पुत्र विदेश से एम.बी.ए. कर बड़ी कुशलता से मेरी गद्दी सँभाल चुका है। मेरी पतिव्रता पत्नी, छाया की भाँति अहर्निश मेरे पीछे-पीछे घूमती, मेरे एक-एक गस्से का हिसाब रखती है, कहीं मैं दाल में घी न डाल लूँ, मुट्ठी-भर मेवे न चाब लूँ, सिगरेट कब की छोड़ चुका हूँ।

मेरे बॉर की दूर-दूर तक ख्याति है, पर मज़ाल जो दुर्लभ विदेशी आसव की एक बूँद भी कभी जीभ पर धरी हो। देश में घातक भूकम्प हो या सूखा, चुनाव की थैली फैली हो, या किसी राहत कोष का फैला दामन, दान देना कोई मुझसे सीखे। मेरी कॉन्वेंट शिक्षिता पुत्रवधू, आज तक अपने कटे बालों पर धरा पल्ला, मेरे सामने खिसकने नहीं देती। मेरा पौत्र, भारत के सबसे दामी पब्लिक स्कूल में पढ़ रहा है। द्वार पर पाँच-पाँच, दीर्घ देही विदेशी गाड़ियाँ निरन्तर खड़ी रहती हैं, एक मेरी, एक मेरे पुत्र मुन्ना की, एक पत्नी की, एक पुत्रवधू की और एक मेरे पौत्र की। चाहता तो, पाँच-पाँच हाथी भी दरवाज़े बाँध सकता था, पर जानता हूँ कि हाथी, अब आउट ऑफ़ डेट हो गए हैं। वैसे, अब भी हमारे तोशाखाने में, मेरे पितामह के समय की हाथियों की तीन-तीन ठोस आलमारियाँ धूल चाट रही हैं।

फिर भी मुझे नींद क्यों नहीं आती? डॉक्टर कहते हैं, बुढ़ापे में नींद कम हो जाती है पर नहीं, मेरी अनिन्द्रा का कारण, केवल मैं ही जानता हूँ। मैं जानता हूँ कि क्यों बाण-विद्ध मृग की भाँति, स्मृतियों के अरण्य में भटक रहा

हूँ। श्रान्त धरित्री के धैर्य को भी पराभूत करती मेरी पत्नी वृंदा, चौंककर, मेरे पार्श्व में बैठ जाती है, "तबीयत ठीक नहीं लग रही है क्या? डॉक्टर को फ़ोन करूँ?"

मैं झल्लाकर उसे डपट देता हूँ, "क्यों, क्या हुआ है मुझे जो डॉक्टर को फ़ोन करोगी?"

वह चुपचाप, करवट बदलकर सो जाती है। उसका चिन्तित होना स्वाभाविक है, अभी पिछले महीने ही तो मैं विदेश से अपने जीर्ण हृदय पर पैबन्द लगाकर लौटा हूँ, बड़ी विलम्बित बायपास सर्जरी करनी पड़ी थी, तीन-तीन ब्लॉकेज़ थे। दक्ष चिकित्सकों ने रक्त के जमे तीनों थक्के निकाल दिए, पर उस चौथे थक्के को निकालना उनके बस की बात नहीं थी, वह अदृश्य थक्का तो अब, स्वयं महाचिकित्सक ही निकालेगा। कभी लगता है, मेरी बुद्धि धीरे-धीरे लुप्त हो रही है, किन्तु अतीत उतना ही प्रखर हो, मुझे बिच्छू-सा डंक देने लगा है। अगर मुझे जीवित जला दिया गया होता, तब भी शायद इतनी पीड़ा नहीं होती। आज तो मुझे पश्चात्ताप की अग्नि क्षण-क्षण जला रही है। इतने वर्षों बाद उसके पत्र ने मेरा दबा नासूर उभार दिया है।

उसने लिखा, "छोटे सेठ! तुम्हें आज तक परेशान नहीं किया, पर अब मेरे पास वक़्त बहुत कम है। एक बार आकर मुझे देख जाओ, यकीन दिलाती हूँ, तुमसे कुछ नहीं माँगूँगी। तुम्हें तुम्हारी अमानत सौंप दूँगी, बस।" मेरा कलेजा, भयभीत कपोत-सा फड़क उठा, अमानत? किस अमानत की बात कर रही थी वह! कहीं इस बुढ़ापे में, कोई ऐसी अमानत की बात तो नहीं कर रही थी, जो मेरे वार्धक्य पर झाड़ू फेर दे? उसे, जब छोड़कर भागा था, तो एक यही भय तो सहमा उठा था, कहीं असावधानीवश, कुछ उलटा-सीधा हो गया तो क्या मुँह दिखाऊँगा, अपने देवतुल्य पिता को। छिः, छिः, ऐसे संत पिता, जिन्हें अपने अवधूत गुरु का प्रसाद प्राप्त था। जिन्होंने अगाध सम्पत्ति का मोह, स्वेच्छा से त्याग करतल भिक्षा, तरुतल वास को सार्थक किया था, क्या कहेंगे वे?

कैसे फँस गया था मैं उस रूपसी वारवनिता के जाल में? पहली बार मैंने उसे मामा की बारादरी में देखा था। घन कृष्ण केश गुच्छ मुखमंडल पर बिखर आए थे, बड़ी-बड़ी आँखों में सुरमे की प्रगाढ़ रेखा, सम्पुटित प्रवाल से अधर, एक हाथ आँचल में छिपा था, दूसरा उन्नत सुडौल वक्षस्थल पर, बीच-बीच में कान पर हाथ धरकर आलाप लेती, वह उस महफ़िल से उठकर जैसे कहीं दूर

जाती–

रैया कहाँ गए वे लोग?

आज अल्हैया विलावल की वही पंक्ति, जैसे मेरे जीवन में साकार हो उठी हैं–'कहाँ गए वे लोग?'

फिर मैं लुके-छिपे नित्य ही वहाँ जाने लगा। मैं शपथ खाकर कहता हूँ कि पहले-पहले मेरा संगीत रसिक चित्त ही मुझे वहाँ चुम्बक-सा खींच ले जाता था–किसी प्रकार के विकार या वासना ने मेरे विवेक को भ्रष्ट नहीं किया था। पर फिर न जाने कब, उसके सौन्दर्य-उदधि में डूबता-उतराता, उसका परम उपास्य बन गया।

मैं बड़े छल-बल से ही उससे मिलने जाता था, एक तो उसकी हवेली, बदनाम बस्ती के सीमान्त पर थी। दूसरे उसी ने मुझे एक ऐसा गुप्त मार्ग भी दिखा दिया था, जहाँ चिरई का बच्चा भी पर नहीं मार सकता था। मेरी पढ़ाई तब तक चल रही थी, पिताजी ने तब गद्दी नहीं छोड़ी थी, बीच-बीच में मुझे मुनीमजी के पास व्यवसाय की बारहखड़ी सीखने भेजते अवश्य थे पर यह बराबर ध्यान रखते थे कि पढ़ाई में व्याघात न घटे।

उनकी अटूट सम्पत्ति का एकमात्र वारिस मैं ही था, फिर रखने में, आचरण में कहीं भी कोई रोक नहीं। बड़े-बड़े उद्योगपतियों के यहाँ से मेरे लिए रिश्ते आने लगे थे। पर पिताजी का कहना था, "अभी तो बाईस का भी नहीं हुआ, पहले गद्दी सँभालने योग्य बने तब देखेंगे।" मेरी सरल हृदया माँ दिन-रात मेरे पीछे पड़ी रहती, "मेरे लिए तो एक बहू ला दे बेटा, तू हाँ-भर कर दे, मैं तेरे पिता को मना लूँगी।"

पर, मैं क्या ऐसी मूर्खता कर सकता था! विवाह की चिन्ता ही किसे थी? एक दिन भी बदर को न देखता तो जी छटपटाने लगता। बत्तीस लक्षणों से युक्त पद्मगन्धा पद्मिनी बदर को देख मैं सबकुछ भूल जाता। अपने उच्च कुल का आभिजात्य, पिता का तेजोमय पवित्र चेहरा, माँ की स्नेहप्रवण दृष्टि, कुछ भी मुझे याद नहीं रहता, बदर की देह से आती आमोद सुरभित गन्ध, मुझे मन्त्र-मुग्ध नाग-सा झुमाने लगती।

भवति कमलनेत्रा नासिका शुभ्रदंता।
अविरल कुचयुग्मा दीर्घकेशी कृशांगी।
मृदुवचन सुशीला नृत्यगीतानुरक्ता।
सकल तनुसुवेशा पद्मिनी पद्मगंधा।

नाम था बदरुन्निसा, एक तो खानदानी वेश्या, उस पर यवनदुहिता। मेरे पितामह जब तक जीवित रहे, उनका खाना बनाने के लिए सदा, सौराष्ट्र के कान्यकुब्जी ब्राह्मण नियुक्त रहे। बड़े-बड़े जंगालों में भरकर, काशी से गंगाजल आता, उसी से खाना पकता, मसालों से लेकर नमक तक उसी गंगाजल में धोया जाता, प्रातः हमारी आँखें खुलतीं वेदपाठ से, विशाल प्रांगण में चुटिया फटकारे, अर्द्धनग्न चार वेदपाठी ब्राह्मण वेदपाठ करते, पितामह नित्य गंगा-स्नान कर, पितरों को पिंड देते, फिर हमें सामने बैठा संस्कृत पढ़ाते। पितामह की मृत्यु के बाद भी हमारे गृह में वही कर्मकांडी वातावरण रहा। यद्यपि मेरे दूरदर्शी पिता ने, मुझे नवीनतम शिक्षा के लिए, प्रख्यात पब्लिक स्कूल में ही नहीं भेजा, अंडा-मांस खाने पर भी कोई अंकुश नहीं रखा। माँ ने आपत्ति की तो बोले, "देखो, अब अंग्रेज़ी व्यवसाय की भाषा है, सीखनी ही होगी और अभी मैं उसे यह कहूँगा कि यह न खाओ तो वह एक दिन लुक-छिप कर खाएगा।"

उनका औदार्य और मुझ पर उनका आवश्यकता से अधिक विश्वास ही मुझे ले डूबा। जीवन का एक बहुत बड़ा सबक तो अब अनायास सीख चुका हूँ कि बच्चे कितने ही सुशील आज्ञाकारी क्यों न हों, उन्हें, एक उम्र में स्वेच्छा से लगाम ढीली कर, बहुत छूट देना, स्वयं अपनी प्रभुता को मिटाना है। माता-पिता और सन्तान के बीच, मैत्री का रिश्ता कभी पनपता नहीं। सीधे घोड़े को भी कभी एड़ी की ठोकर देनी पड़ती है। बदर का कंठ कैसा था, यह लिखकर बताना मेरे लिए सम्भव नहीं, पर वह हाथ में तानपूरा थाम, आलाप लेती तो उसकी स्निग्धता; निविड़ता विशालता में, मैं अपने जीवन की सम्पूर्ण सार्थकता पा लेता।

शायद, ठीक ही कहा गया है कि प्रेम अन्धा होता है, हम दोनों जन्मान्ध बने, प्रेम के गहन प्रवाह में तिनके से बहे जा रहे थे, तब ही पहला झटका लगा। पिता ने बिना किसी पूर्वसूचना के अचानक गद्दी त्याग, संन्यास ले लिया, "अब तुम्हें ही गद्दी सँभालनी होगी। मैं गुरु की शरण में जा रहा हूँ, उनका आदेश है।"

"और अम्मा?" मैंने रुआँसे स्वर में पूछा तो वे वज्र से गरजे, "तुम्हारे पास रहेगी, तुम उसकी देखभाल करोगे, वह तुम्हारी गृहस्थी बसाएगी।"

मेरी माँ ने एक बार भी विरोध नहीं किया, न साथ चलने की ज़िद की। मुझे हमेशा यही लगता है कि सरल होने पर भी मेरी माँ जान गई थी कि मेरे

कदम कहीं बहके अवश्य हैं। मैं पूरे तीन महीनों तक फिर बदर से नहीं मिल पाया, मिलता भी कैसे? मैं कब गद्दी पर पहुँचता हूँ, कब उठता हूँ, माँ मुनीम जी से उसका पूरा लेखा-जोखा लेती रहती। सन्ध्या को घर लौटता तो कभी कहती, नन्हे—मुझे मन्दिर ले चल, कभी कालीघाट और कभी बेलूर मठ, फिर एक दिन तीर्थयात्रा की ज़िद करने लगी। सुदीर्घ यात्रा के बाद, एक दिन उन्हें चकमा देकर, मैं बदर से मिलने निकल ही गया। मैं जानता था, वह नित्य खिड़की पर खड़ी मेरी प्रतीक्षा कर रही होगी। मेरा अनुमान ठीक था। मैं गया तो वह सलाखें पकड़, चुपचाप खड़ी थी। मैंने ही अपनी विवशता की भूमिका बाँधी, उसने न कोई कैफ़ियत माँगी, न कोई उलाहना दिया।

उसका यही स्थिर गाम्भीर्य तो मुझे मुग्ध करता था। मैंने उसे सबकुछ बता दिया। "शायद अम्मा को शक हो गया है, मुझे एक पल भी अकेला नहीं छोड़ती, अब मैं शायद रोज़ न आ पाऊँ बदर।"

"क्यों? शादी कर रहे हो क्या?" उसने हँसकर पूछा।

"नहीं, पर अब जोखिम लेना ठीक नहीं होगा—न तुम्हारे हक में, न मेरे हक में। मेरे मामा को तुम जानती हो, उन्हें भनक भी लग गई तो वे कुछ भी कर सकते हैं।" वह एक शब्द भी नहीं बोली। क्षण-भर को निस्पन्द बैठी रही, मानो हृदय में उठती विषाद की तरंगों ने उसे गतिहीन कर दिया हो। फिर शिशिर सिक्त पारिजात की भाँति, उसने अपना कुम्हलाया चेहरा मेरे चेहरे से सटा लिया।

"गाना नहीं सुनोगे आज? मैं तो अब सिर्फ़ तुम्हारे लिए ही गाती हूँ, देखा नहीं, सब साज़िन्दों की छुट्टी कर दी है हमने।" मैं जानता था कि बदर के कोठे में, अब चाँदनी नहीं बिछती, न महफ़िलें गुलज़ार होती हैं, न तबले की ठनक, न घुँघरुओं की झनक। पर उसकी गुज़र होती कैसे थी? ठाठबाट तो पूर्ववत ही थे, वे चमकते, जगमगाते झाड़फ़ानूस, चाँदी के लोबानदान में सुवासित धूम्ररेखा बिखेरता लोबान, चाँदी के गंगाजमनी गिलासों में बादाम-खस का शरबत, इधर-उधर घूमते बीसियों पेशेदार, सुवासित पान के बीड़े पेश करती, बदर की मुँहलगी बाँदी ज़ोहरा, स्वयं बदर की कीमती वेशभूषा, चन्दन के अंगराग से उपलिप्त उभारकर दमकती सोने की सतलड़ी, भारी पेशवाज़, सँवारे धूपित केशों पर लहराता मोतिया का गजरा। यह शृंगार क्या केवल मेरे लिए था? मेरा शंकालु चित्त, ईर्ष्या से दग्ध हो उठा था, मेरे जाने के बाद, न जाने कितने रसिक ग्राहक आए होंगे और आएँगे—मैंने तो उसे छोटे-मोटे

उपहारों के अतिरिक्त कभी कुछ नहीं दिया न उसने कभी मुझसे कुछ माँगा?

उस दिन न जाने क्या सोच, मैंने उसे हाथों में नोटों की पूरी गड्डी थमा दी तो तुनककर खड़ी हो गई। "यह क्या?"

"क्यों, तुमने मुझे आज तक कितना कुछ दिया है बदर, क्या पता फिर कई महीनों तक न आ पाऊँ—यह बयाना समझकर रख लो।"

उसने गड्डी मेरे पैरों पर पटक दी। "मेरी जूती ले इसे, क्या समझा है मुझे!"

न जाने उस मनहूस घड़ी में मुझे कैसा परिहास सूझा—"वही तो तुम हो, तुम्हारा तो पेशा ही लेने का है ना, फिर कैसी शर्म?" मैंने हँसकर उसे छेड़ दिया तो उसका चेहरा काग़ज़-सा सफ़ेद पड़ गया, बिना कुछ कहे, वह अपने कमरे में चली गई और द्वार बन्द कर लिए।

लाख चिरौरी करने पर भी वह नहीं निकली। आज तक कभी ऐसा नहीं हुआ था, मैं जाता तो वह मुझे पहुँचाने बाहर आती, फिर हम दोनों नियमपूर्वक गुलाब की झाड़ियों से घिरी, उसकी अम्मा की क़ब्र के पास खड़े होते। "अम्मा उठो, तुम्हारे दामाद आये हैं। अच्छा तो अब चलें अम्मा, शब-बखैर।" आज, पहली बार मैं अकेला ही क़ब्र के पास खड़ा हुआ।

इस तरह घटना-चक्र और भी तीव्रता से घूमा, मैं व्यवसाय के सिलसिले में पहले फ्रांस गया फिर इटली। लौटा तो पता लगा, पिताजी ने इच्छा-समाधि ले ली थी।

सहसा, अपने विराट व्यवसाय की पूरी दुर्वह ज़िम्मेदारी मेरे कन्धे झुका गई, उधर द्वितीय युद्ध की विभीषिका ने सब उथल-पुथल कर दिया था, कलकत्ता में बम गिरने की अफ़वाह व्यवसायी वर्ग को बुरी तरह बौखला रही थी। लोग कलकत्ता छोड़कर भागने लगे थे। व्यवसाय की चिन्ता थी ही किसे! अम्मा की ज़िद से हमें भी कलकत्ता छोड़, जन्मभूमि की शरण में जाना पड़ा—पूरा वर्ष वहीं बिता हम लौटे, तो दो से तीन थे। लपझप में, अम्मा ने एक बहुत बड़े व्यवसायी की इकलौती पुत्री वृन्दा से मेरी चट मँगनी-पट ब्याह रचा डाला। कलकत्ता पहुँचा तो लगा मैं संज्ञाशून्य हो गया हूँ। क्या कोई सपना देख रहा था मैं? या उन्मत्त हो गया था। बदर से मिलने के लिए मेरे प्राण छटपटाने लगे। वृन्दा से मुझे कोई शिकायत नहीं थी। देखने में भी ठीकठाक ही थी, पढ़ी-लिखी भी थी, उसका सौम्य शान्त चेहरा निस्सन्देह सलोना था, कुछ दिनों तक उसका साहचर्य मुझे लुभाता भी रहा, किन्तु, उसका प्रणय

निवेदन था एकदम सरल सपाट, बदर के प्रणय निवेदन में थी उसके पेशे की पीढ़ियों की सीखी-पढ़ी दक्षता। इसी से मूँग की खिचड़ी से मुझे अब अरुचि होती जा रही थी, छप्पन भोग से सजी थाली की सुगन्ध मुझे निरन्तर दुस्साहसी बना रही थी। और फिर एक दिन मैं माघ की उस कठोर रात्रि में तीर-सा निकल गया। चतुर्दशी की धौत चन्द्रिका में बदर की हवेली निःस्तब्ध खड़ी थी।

डरते-डरते ही मैंने कुंडी खटखटाई थी। कहीं बदर का कोई निशाचर प्रेमी ही द्वार न खोल दे। किन्तु काली ओढ़नी से पूरा चेहरा ढाँप, वही द्वार पर खड़ी थी। कितनी सुन्दर, अशरीरी परलोक से उतरी किसी आत्मा-सी लग रही थी वह।

बिना कुछ कहे, बड़े अधैर्य से मैंने उसे बाँहों में भर लिया और मेरे संयम का बाँध टूटकर, हम दोनों को एक बार फिर अपने घातक प्रवाह में बहा ले गया।

बाँहों में भरकर ही मैं उसे भीतर ले गया और यत्न से, उसके जहाज़ से विराट पर्यंक पर, यत्न से लिटाकर पूछा, "क्यों, पूछोगी नहीं, इतने दिन मैं कहाँ था?"

"मुझे पता है, आप शादी करने गए थे।" कैसी अद्‌भुत नारी थी वह। न मान-अभिमान, न चेहरे पर कोई शिकन न आँखों में आँसू!

हृदयहीन शत्रु की निर्ममता से मैं उसकी छाती में प्रवंचना का खंजर भोंक, कायर की भाँति उस त्रस्त बम से आक्रांत महानगरी में उसे असहाय छोड़कर भाग गया था। पूरे साल-भर तक उसकी कोई खोजख़बर नहीं ली, फिर भी वह मुझे पान के पत्ते-सा फेर रही थी। मैं फिर, पूर्ववत उससे लुक-छिपकर मिलने लगा, एक वर्ष के प्राणांतक वियोग ने हम दोनों को और भी गहरी जकड़ में जकड़ लिया था। मेरी सरला, भोली पत्नी ने कभी भूलकर भी नहीं पूछा कि मैं अचानक आधी रात को कहाँ चला जाता हूँ। इसी बीच मेरे पुत्र का जन्म हुआ। वर्षों बाद हमारी हवेली शिशु रुदन से मुखरित हुई थी। माँ के आनन्द का पार नहीं था। ससुराल से आए छोचक के सभी उपहारों से हमारा घर भर गया। अपने नवार्जित सन्तान-सुख, वैभव की बयार में बहता, मैं फिर बदर को भूल गया।

उसके बाद मैंने पूरे पाँच वर्ष बाद अचानक एक दिन उसे देखा तो चकित रह गया। सुशीला सहचरी के साहचर्य ने, व्यापार की आशातीत उन्नति ने,

जहाँ मेरे शरीर को मेदबहुल बना दिया था, वहीं पर, बदर की कनक छड़ी-सी देह पर रत्ती मात्र भी मांस नहीं चढ़ा था। माँ, पत्नी, पुत्र को लेकर मैं कुल-देवता के दर्शन को घर गया, तो अचानक वह दिख गई। वह यहाँ क्या करने आई थी? फिर मुझे याद आया, सेठ सत्यनारायण की शेखावटी दर्शनीय हवेली तो यही थी, उस चित्रांकित अपूर्व हवेली में तो आए दिन संगीत की महफिलें जुटती थीं, तो उसने क्या फिर अपना त्यक्त पेशा अपना लिया था? मैं एक पल को अपने स्वार्थ में भूल गया कि उस पेशेवर गायिका पर क्या कभी मेरा सर्वाधिकार सुरक्षित रह सकता था? इन पाँच वर्षों में क्या कभी मैंने उसकी खोजख़बर ली थी? हृदय में धधकती ईर्ष्याग्नि ही मुझे फिर वहाँ खींच ले गई थी।

मेरा अनुमान ठीक था। मैंने पूछा तो वह निःसंकोच होकर कहने लगी– "पेशा छोड़ देती तो खाती क्या छोटे सेठे? हाँ, मुजरा छोड़ दिया है। अब अपने पुराने मेहरबान ग्राहकों के लिए गाती भर हूँ! कभी हैदराबाद जाती हूँ, कभी ग्वालियर और कभी रामपुर, जहाँ लोग हमारे हुनर की क़द्र करते हैं।"

पर क्या उसके गुणी ग्राहक, उसकी कंठ सुधा का पान कर ही तृप्त हो पाते होंगे?

इसी बीच वृन्दा अचानक बीमार पड़ गई, बीमारी भी ऐसी कि डॉक्टरों ने राय दी, तत्काल पहाड़ के किसी सैनिटोरियम में रखना होगा–उसे लेकर पहले गया–अल्मोड़ा, फिर गेठिया फिर मनाली। वहीं एक कॉटेज लेकर, मैं जीजान से उसकी सेवा में जुट गया। आज तक उपेक्षिता अपनी इस सहिष्णु शान्त सहचरी को, मैं किसी भी क़ीमत पर बचा ही लूँगा।

'मेरे अपराध का दंड इसे मत दो प्रभु' मैं मन-ही-मन, दिन-रात यही प्रार्थना करता–वह मेरे वंशधर की माँ थी, मैं उसे खोना नहीं चाहता था। जब वह स्वस्थ होकर लौटी तो मेरी माँ भी उसे पहचान नहीं पाई। उन दिनों टी.बी. का इलाज होता था, पी.पी. से शरीर में वैसे हवा भर दी जाती थी, जैसे पंक्चर हुए टायर को हवा भर ठोस बना दिया जाता है। दोनों गालों पर उस विषम रोग की संदिग्ध लालिमा, अटूट स्वास्थ्य का आभास देने लगी, मेरी सेवा, मेरी निष्ठा ने ही शायद उसकी जिजीविषा प्रबल कर दी थी। जब वह एक बार रक्त-वमन कर, लगभग निष्प्राण पड़ी थी, तब मैंने उसके सिरहाने बैठकर शपथ ली थी। अगर वृन्दा इस बीमारी से उबर गई तो मैं इस जीवन में कभी बदर की देहरी पर पैर नहीं रखूँगा।

मैंने अब तक उस शपथ का निर्वाह किया, बीच-बीच में विस्मृत प्रेयसी की स्मृति मुझे पागल बना देती। वह शरीर-सुख जो उस नारी ने मुझे दिया था, वह संसार की कोई भी नारी मुझे नहीं दे सकती, यह मैं जानता था, फिर भी, मैंने उसकी रससिक्त स्मृति को, संयम से दबा दिया।

पर मैं हार गया, बाहर वर्षा की झड़ी लगी थी। लगता था आसमान टूट-कर गिर पड़ेगा। अम्मा वृन्दा को लेकर वेलून गयी थी। मैं घनघोर वर्षा में भीगता-भागता वहाँ पहुँच गया।

20 नवंबर की वह रात, क्या मैं कभी भूल सकता हूँ? बिजली की कड़क, बादलों की गर्जन-तर्जन। मैं गया तो वह सोलह शृंगार किए बैठी थी, जैसे जान गयी थी कि मैं आ रहा हूँ। शायद, यह भी जान गयी थी कि यही हमारा अंतिम मिलन है।

कानों में स्कंध स्पर्श करते जड़ाऊ झुमके, कंठ में नीलम हीरों का कंठा, अँगुलियों में जगमगाते सौलिटेयर, बालों में पन्ना मणि का छपका।

"ठीक ऐसा ही छपका पहने हमने एक बार अख़्तरी बाई फैज़ाबादी को देखा है।" मेरे कन्धे पर धरे उसके सिर के बालों में लगे छपके को सहलाकर मैंने कहा, तो उसने कहा, "अजी आवाज़ में, रूप-रंग में हम क्या उनसे कुछ कम हैं? नाक देखो हमारी, चाहो तो नींबू काट लो, अल्लाह मियाँ ने हमारी नाक बनाकर फिर साँचा ही तोड़ दिया।"

सचमुच उस तीखी गर्वोन्नत सुभग नासिका देखकर ही समझ में आ गया था कि शुकतुंड किसे कहते हैं—उस पर झलमल-सी हीरे की बड़ी-सी लौंग!

मेरा उसे दिया गया एकमात्र दामी उपहार, जड़ाऊ बाजूबन्द, उसकी संगमरमरी बाँह में बँधा था, "अरे वाह, आज पहन ही लिया तुमने?"

"पहनने को तो बहुत जी चाहता है, पर डरती हूँ, कहीं किसी महफ़िल में आपके मामा ने देख लिया तो बाँह भी साफ कर देंगे।"

जब से मैं गद्दी का एकछत्र सम्राट बना था, तिजोरी की चाबी मेरे ही पास रहती थी। आभूषणों के स्तूप से उस बेजोड़ खानदानी बाजूबन्द को निकाल, जेब में डालने में, मुझे कोई कठिनाई नहीं हुई थी। आभूषण भी क्या एकाध थे? फिर उन्हें पहनता ही कौन था? मेरी पत्नी को पहनने-ओढ़ने का शौक ही नहीं था, फिर गहने क्या पहनती। दीवाली के दिन, एक साल में एक बार गहनों की वह पोटली निकाल, लक्ष्मीजी के चरणों में धर दी जाती, मैं ही निकालकर रखता और पूजा के बाद, अपने हाथ से तिजोरी में बन्द कर आता।

उस बार, मैंने उसे अपने हाथों से बाजूबन्द पहनाया, तो वह चौंकी, "क्या सेठानी की तिजोरी से चुराकर लाए हो, छोटे सेठ?"

"छोटा सेठ चुराकर कुछ नहीं लाता–यह मेरी परदादी की भी परदादी का खानदानी बाजूबन्द है, बदर–पीढ़ियों से दीवाली के दिन, हमारी गृहलक्ष्मियाँ इसे पहनती आ रही थीं, अब कोई ऐसे भारी गहने नहीं पहनता–फिर, तुम ही तो हो हमारी गृहलक्ष्मी, इसी से आज दीवाली पर तुम्हें पहनाने आया हूँ।"

"नहीं सेठ," वह अनमनी हो गई, "तुमने यह ठीक नहीं किया, जाओ इसे फिर सेठानी के गहनों में रख आओ।" बड़ी मनुहार से ही मैं उसे उतारने से रोक पाया था।

बाजूबन्द था भी बेजोड़, सुना था शहंशाह ने अपनी हिन्दू रानी को यह अमूल्य उपहार दीवाली के दिन भेंट किया था। दोनों ओर, मख़मली पट्टी पर जड़े बहुमूल्य माणिक मोतियों की झालर, बीचों-बीच गणेश-लक्ष्मी की सुवर्ण प्रतिमा, लम्बोदर की सूँड पर जड़े जगमगाते हीरे, नीलम की आँखें, माणिक का अधर सम्पुट और पार्श्व में, सर्वाभरण भूषिता हरिप्रिया...

गहनों के स्तूप की ही पूजा होती थी, फिर चाबी तो मेरे ही पास रहती थी, गहने गिनने की कभी नौबत ही नहीं आई...ढूँढ़ मची थी मेरे पुत्र के विवाह के चढ़ावे के दिन।

"हाय, कहाँ गया बाजूबन्द? लक्ष्मीजी क्यों रूठीं?" वृन्दा तो बौरा गई थी।

"ठीक से देखो, किसी हार-कंगन में फँसा होगा।" मैंने चोरी पर सीनाजोरी की।

"नहीं है, नहीं है, कहीं नहीं है, कौन ले गया भगवान, तुमने क्या कभी चाबी घर पर छोड़ी थी?"

"पागल हुई हो क्या, चाबी दिन-रात मेरी जनेऊ में बँधी रहती है।"

"हाय, इससे तो मैं मर जाती, हर दीवाली पर अम्मा कहती थीं, बेटी इसे पहन ले, हमारे यहाँ घर की बहू इसे दीवाली पर ज़रूर पहनती हैं, पर हर बार मैं टाल देती, कहती, माँ जी इतना भारी बाजूबन्द हमसे नहीं पहना जाता शायद इसी से लक्ष्मी जी ने कहा, लो अब पहनो हलका गहना।"

"अच्छा, बस भी करो वृन्दा," मैंने कहा था, "चिन्ता क्यों करती हो, शादी तक हम वैसा ही बाजूबन्द बनवा देंगे।"

मैंने कहा, अपना वचन पूरा भी किया, स्वयं जयपुर जाकर, वैसा ही

बाजूबन्द गढ़वा भी लाया, पर अब कौन बना सकता था वैसा ऐतिहासिक बाजूबन्द...

वृन्दा ने हाथ में लिया और बड़बड़ाने लगी, "अजी कहाँ वह और कहाँ यह, पता नहीं असली हीरे भी हैं या मुए अमरीकी जैरीकौन हैं, अब तो जौहरी भी असली-नकली हीरे नहीं पहचान पाते। इतना बता दूँ जी, जिसने भी वह बाजूबन्द बाँधा है, कभी भोग नहीं कर पाएगी, बाँह सड़ जाएगी उसकी।"

मैं मन-ही-मन काँप उठा, कैसा जघन्य पाप किया था मैंने और दंड मिलेगा किसी निर्दोष को!

"ऐसा श्राप क्यों देती हो वृन्दा," मैंने कहा।

तो वह बिफर उठी, "क्यों न दूँ? हज़ार बार दूँगी, जिसने भी चुराया है, वह मरने तक तड़पेगा। सती का श्राप कभी विफल नहीं होता। ऐसा ही कहा है हमारे शास्त्रों ने।" उसका श्राप ही आज मुझ पर वज्र बनकर टूटा है।

कल मेरी गद्दी पर कोई वह चिट्ठी रख गया था। तब इतने वर्षों बाद वह अपने पेशे पर नीचता पर उतर, मुझे ब्लैकमेल करने पर कटिबद्ध थी?

किस अमानत की बात कर रही थी? यदि वहाँ बुलाकर मेरे किसी जवान वारिस का हाथ थमाकर कह दे—यह तुम्हारा बेटा है छोटे सेठ या फिर किसी जवान पुत्री का हाथ थमाकर कहे—यह तुम्हारी बेटी है।

नहीं, ऐसा असम्भव था। जब हम अन्तिम बार मिले तो दिन बृहस्पति था, हर बीपै को नियमपूर्वक हम दोनों एकसाथ सैयद जलालशाह बाबा की मज़ार पर मत्था टेकने जाते थे। उस दिन भी मैंने कहा, "आज बीपै है बदरुन, और ग्यारहवीं शरीफ़ भी। मज़ार नहीं चलोगी?"

"नहीं, आज हम सिज़दा करने लायक़ नहीं हैं, हमारा सिर मैला है, पाँचवें दिन नहाकर चलेंगे।"

उसके बाद हम मिले ही कहाँ थे? शायद, वह अपने पेशे की नीचता पर उतर, किसी हराम के वंशधर को मुझे सौंप, कर्तव्यभार से मुक्त होना चाहती थी। दो दिन तक मैं घर से नहीं निकला—तीसरे दिन, मैं अपने को रोक नहीं पाया, कायर की तरह छिपकर क्यों भागता फिरूँ? उसे सबक सिखाकर ही लौटूँगा।

ढूँढ़ते-ढूँढ़ते बड़ी देर तक भटकने पर, सहसा मुझे अपने विवर्ण ताजमहल की मटमैली मीनार दिखी। लगता था, पूरी बस्ती का भूगोल ही बदल गया है। कहीं ऊँचे-ऊँचे गगनचुम्बी स्काय स्क्रेपर, कहीं पार्क, भग्न दीवारों का

प्रतिरोध पार कर मैं उस ड्योढ़ी पर खड़ा था, जहाँ कभी मेरा नंदनवन स्थित था।

मूँज की एक झूला बन गई खटिया पर, कोई लुंगी पहने, अर्द्धनग्न औंधा पड़ा था। "उठना भाई," मैंने उसकी नंगी पीठ पर हाथ धरा तो वह ऐसे चौंका, जैसे बिजली का नंगा तार छू लिया हो।

"क्या है, क्या है, कौन है—कौन है?" ठुड्डी पर खिचड़ी बकरे की-सी दाढ़ी, धँसे कपोल, कानों पर डोरी की कमानी से बँधा चश्मा चढ़ा, उसने मुझे गौर से देखा। "किसे ढूँढ़ रहे हैं मियाँ?"

"बदरुन्निसा से मिलना है।"

इस बार उसने मिट्टी के तेल की ढिबरी की लौ तेज़ कर मुझे गौर से सिर से पैर तक देखा। "वह बहुत बीमार हैं साहब, अब तब का कामला है, किसी से नहीं मिलती। मिलिए भी नहीं, बड़ी बुरी बीमारी है ससुरी, साँस से भी छूत लगती है, कल ही तो अस्पतालवाले यहाँ पटक गए हैं।"

उसने मुझे नहीं पहचाना, पर मैंने उसे पहचान लिया था। बदरुन की बाँदी ज़ोहरा का बेटा रहमान, हमारे प्रणयपर्व का एकमात्र साक्षी चाँद-सा गुलगोथना चेहरा, असली रोहिल्ला पठान का सुर्ख़ रंग और बिल्लौरी आँखें।

बदर बताती थी वह किसी नवाब का बेटा है। आज वही लखौरी इमारत ढहने को तत्पर थी।

"मुझे नहीं पहचाना रहमान?" मैंने हँसकर कहा तो वह फिर मुझे गौर से देखकर उछल पड़ा, "अरे सरकार आप? इतने सालों बाद—ओह, समझा, छोटी सरकार ने हमीं से ख़त भिजवाया था। आपके मुनीमजी ने हमें डाँटकर भगा दिया, पर हम क्या हार माननेवाले थे, पिछवाड़े की खिड़की से कंकड़ बाँधकर वो निशाना मारा कि ख़त सीधा आपके गावतकिए पर गिरा।"

"क्या हुआ बदर को?"

"क्या बताएँ हुजूर। चन्दन की काठी जलकर कोयला हो गई। कोई जानलेवा बीमारी है, कोई बचता नहीं—एड्स बतावे हैं डॉक्टर।"

मैं चुप खड़ा रहा, "सारा बदन छालों से भर गया है, वह भी ये बड़े-बड़े जैसे ओले हों। पेट में पानी भी नहीं टिकता। एक अर्ज़ है छोटे सेठ, आप लौट जाइए।"

"नहीं, मैं उससे मिले बिना नहीं जा सकता।" हाथ की ढिबरी से मुझे राह दिखाता, वह आगे-आगे चल रहा था, पीछे-पीछे मैं। धज्जियों में लटके

पर्दे, जाले लगी तस्वीरें, आदमक़द शीशों में पड़ी दरारें, धूल-भरे लाल शकरपारे कटे पर्दों से ढके, ललमुनिया, तोता-मैना के खाली पिंजड़े देख-देख मेरा कलेजा मुँह को आ रहा था। बड़ा-सा चाँदी कारवाली पिंजड़ा डोरी से बँधा नीचे लटक आया था, उसमें बैठा शाही काकातुआ कभी मुझे देखते ही पर फड़फड़ाकर कहता था 'दरीचे शक, दरीचे शक' कभी एकदम इंसानी आवाज़ में चहकता— 'ऐ बदरुन, बदरुन्निसा, कहाँ मर गई कमबख़्त?'

एक झाड़फानूस पर उलटी लटकी चमगादड़ों की बीभत्स बिरादरी, प्रकाश का आभास पाते ही, मनहूस चीं-चीं कर पूरे कमरे की परिक्रमा कर उठी। एक असह्य दुर्गंध के भभके ने मुझे सहसा धकेल दिया जैसे कहीं कोई मरा जानवर सड़ा हो "कौन?" अंधे कुएँ से जैसे कोई मरी-बुझी आवाज़ में पूछ रहा था, "कौन है भाई? हमें कुछ दिखता नहीं। क्या है रहमान? खाना लाया है क्या? ले जा, ले जा, कल का खाना भी पड़ा है। सारी ज़बान मुई छालों से भर गई है। पानी भी तो नहीं निगला जाता। या परवरदिगार! अब तो रहम कर।" मैंने देखा, टूटी मेज़ पर सूखी रोटी पर धरा पालक का साग ज्यों-का-त्यों धरा था।

"सरकार, छोटे सेठ आए हैं।"

शरीर की ज्वाला से बेचैन, वह लगभग निर्वस्त्र पड़ी थी।

"अरे, कमबख़्त! हमें चादर तो ओढ़ा दे।" रोगजीर्ण चेहरे पर उभरी पीड़ा की लालिमा को उस अस्पष्ट प्रकाश में भी मैं देख पा रहा था।

जिसे जीवनभर, निर्लज्ज कामातुर पुरुषों के लिए, कभी अपनी देह उघाड़ने में लज्जाबोध नहीं हुआ, उसे ही आज एक पुरुष की उपस्थिति में अपने उघड़े अंग ढाँकने के लिए यह कैसी आकुलता त्रस्त कर रही थी। "छोटे सेठ!" वह हँसी, कैसी करुण हँसी थी वह। पूरे चेहरे पर केवल दृष्टिहीन बड़ी-बड़ी आँखें ही फैली थीं। सूखे पपड़ी पड़े हुए ओंठ, धँसे कपोलों के वे मनमोहक गड्ढे न जाने कहाँ सो गए थे।

"अच्छा किया तुम आ गए। तुम्हारी अमानत तुम्हें लौटाने के लिए ही शायद अल्लाह ने यह मोहलत दी है, रहमान!"

"जी छोटी सरकार।"

मेरा हृदय एक बार फिर किसी अनजान आशंका से काँप उठा।

इस निवृत्त हवेली में आधी रात को उसने मुझे किसी का हाथ थमा दिया, 'तो मैं कैसे कह पाऊँगा। नहीं बदर, मैं इसका बाप नहीं हूँ।'

"रहमान, हमें क़लमदान दे, आलमारी में रखा है।" आलमारी में न काँच थे, न कपाट। धूल भरा क़लमदान रहमान ने उसे थमाया और उसने अपना कंकाल साध, बैठने की चेष्टा की तो मैं उसे सहारा देने आगे बढ़ा।

दुर्गन्ध असह्य थी और चादर एक बार फिर खिसक गई। मैंने सहमकर आँखें फेर लीं। पूरा शरीर बड़े-बड़े फफोलों से भरा था। मेरे नैकट्य को उसने न जाने कैसे सूँघ लिया।

"नहीं-नहीं, छोटे सेठ, मुझे कोढ़ से भी बुरी बीमारी है। यह लो, उठा लो।"

क़लमदान से एक किमख्वामी बटुआ निकाल उसने तिपाई पर टटोलकर रख दिया।

"यह है तुम्हारी अमानत। सती-पाकीज़ा का बाजूबन्द मैंने बाँध लिया था, उसी की सज़ा भोग रही हूँ। देख रहे हो पूरी बाँह का मांस सड़-सड़कर झड़ गया है।"

सचमुच मांस मज्जाहीन स्याह पड़ गई बाँह उसने सामने कर दी।

तब क्या मेरी पत्नी का श्राप बोल रहा था उसके मुँह से।

"जाओ-जाओ, रुको मत!" उसकी आवाज़ कितनी बदल गई थी।

मैं विमूढ़ बना खड़ा ही रहा।

कितना नीच था मैं। पल-भर पहले जिसे एक नीच, घृणित, गिरी हुई नारी समझ रहा था, वही सहसा मुझे साक्षात अष्टभुजा लग रही थी और मैं? स्वयं अपनी ही नज़रों से कितना नीचे गिर गया था, स्वार्थी, कामी, कुटिल, अधम, पापी।

"जाओ, सेठ जाओ!" वह मृतप्राय शरीर की पूरी शक्ति कंठ में संचित कर गरजी।

मैं जाने को मुड़ा, पलटकर देखा तो वह कटे पेड़-सी फिर पलंग पर ढह गई थी।

मैं द्वार से निकल ही रहा था कि उसने धीमे मधुर स्वर में पुकारा, "छोटे सेठ!" उजड़े गुलिस्तान में जैसे फिर बुलबुल चहकी, यही तो स्वर था, जो कभी केदार के तीव्र और शुद्ध मद्धम में मिश्री घोलता था—

चमेली फूली चम्पा ए गुलाब।

मैं ठिठका।

"छोटे सेठ! जाने से पहले अम्मा से मिल लेना। बहुत सालों से तुम्हारा

इन्तज़ार कर रही हैं। हम तो जा नहीं सकतीं, हमारा आदाब कहना।''

गुलाब की सूखी झाड़ियों को चीरता दोनों हाथों से लम्बी घास का जंगल टटोलता, मैं क़ब्र तक पहुँचा तो देखा नागफनी और मटकैया के गुच्छों में क़ब्र लगभग विलुप्त हो चुकी थी।

''अम्मा,'' बुदबुदाते ओठों से निकल रही मेरी आवाज़ स्वयं मुझे अनचीन्ही लगी।

''उठो, तुम्हारे दामाद आए हैं,'' जैसे स्वयं ही कोई टेप बजा जा रहा था। फिर मैं पागलों की तरह भागा—दूर खड़ी कार में कब बैठा, कहाँ-कहाँ भटका और कब घर पहुँचा पता नहीं लगा।

रात आधी बीत चुकी थी, मेरी अट्टालिका के रंगीन बल्बों के तोरण, रह-रहकर जल-बुझ रहे थे। दीयों की कतार, अवसन्न हो चुकी थी। 'कहाँ चले गए थे? पंडितजी बारह बजे तक रुके रहे, फिर मुन्ना ने, बहू ने पूजा की।'

''लो,'' मैंने उसके अधीर प्रश्नों के उत्तर में बटुआ उसके हाथ में धर दिया।

''हाय राम, बाजूबन्द? कहाँ मिला, इतने बरसों बाद? बहू-बहू, मुन्ना!'' वृन्दा जैसे खुशी से पागल हो गई। ''हमारी रूठी लक्ष्मी, ठीक दीवाली के दिन गई और उसी दिन लौट आई।''

''कहाँ मिला, बोलते क्यों नहीं?''

''चोरबाज़ार में शायद कभी किसी ने चुराकर बेचा होगा। दुकानदार पाकिस्तान जा रहा था, बेच गया।''

''पकड़ा नहीं बेहया चोर को?''

मुझे मन-ही-मन हँसी आ गई। किस चोर को पकड़वाता? क्या स्वयं अपनी मुश्कें बँधवाता?

पाँचवें दिन, रहमान गद्दी पर ही मुझे आकर, बदर के मुक्ति पर्व की सूचना दे गया।

''बड़ी सरकार के बगल में मिट्टी दे दी सेठ। हम इसीलिए रुके थे। तीन पीढ़ियों से नमक खाया है, उस भुतही हवेली में उन्हें उस हालत में, उन्हें अकेली छोड़कर कैसे जाते। एक तो औरत जात, उस पर बेसहारा। आज गाजीपुर जा रहे हैं, वहीं हमारा पुश्तैनी मकान है, घरवाली है, बच्चे हैं। अपना फ़र्ज़ हम पूरा कर लिए छोटे सेठ।''

मुझे लगा, अपढ़ साधनहीन रहमान ने तो अपना फ़र्ज पूरा कर लिया पर मैं उच्च वंश का, शिक्षित सामन्त, क्या अपना फ़र्ज पूरा कर पाया? कई बार जी में आया, मोतिया का ग़जरा लेकर, उस कच्ची मिट्‌टी की अनगढ़ क़ब्र पर चढ़ा आऊँ, यह गज़रा उसे बेहद पसन्द था। पर साहस नहीं हुआ। अम्मा से तो शायद नित्य के अभ्यास से कह आता, "अम्मा उठो, तुम्हारे दामाद आए हैं।" पर उससे क्या कहूँगा, बदर उठो तुम्हारा...

क्या कहूँगा फिर, तुम्हारा कौन आया है? कौन?

गैंडा

जान-बूझकर ही सुपर्णा उतनी दूर पैदल चली जा रही थी। भाद्री सूर्य का प्रखर उत्ताप उसके गौर ललाट को गर्म तवे-सा दाग रहा था। साड़ी का लम्बा आँचल सिर पर खींच, देहाती घूँघट की यवनिका बनाने में भी उसने बड़े कौशल से काम लिया था; कहीं कोई उसे देखकर पहचान न ले! अनभ्यस्त पैरों को वह एक प्रकार से घसीटती चली जा रही थी। शंकित दृष्टि से वह बीच-बीच में मुड़कर देखती भी जा रही थी। छावनी की उस सड़क से बीसियों जवान तो निकलते रहते थे—कोई स्कूली बच्चों को खाना पहुँचाने, कोई साहब की वर्दी पर लोहा करवाने। किसी ने भी देख लिया तो उसकी पदयात्रा का समाचार इधर-उधर फैल जाएगा। वैसे ही, क्या कुछ कम बातें फैल गई थीं? इधर वह जिस पार्टी में जाती, उसे लगता, पूरी फौजी बिरादरी उसे ही घूर रही है। अवसर पाते ही उसके पति के अधीनस्थ अफसरों की प्रोषिता पत्नियाँ फुसफुसाने लगतीं, "कैसा रूप था मिसेज दत्ता का! और कैसी झाड़ फिर गई है चेहरे पर! बेचारी मिसेज दत्ता!" उन मूक नयनों की सहानुभूति सुपर्णा का तन-बदन सुलगा देती। कभी-कभी उसे लगता, वह पागल हो जाएगी। पति की अनुपस्थिति में, बच्चों के स्कूल जाते ही, वह कई बार स्वयं अपने को अपने से बातें करते पकड़ चुकी थी। निर्जन कमरे में, कुर्सी पर बैठी, वह अपने इस स्वगत भाषण में अनोखा सुख पाने लगी थी। बातें करते-करते जब कभी अविरल अश्रुधार उसका ब्लाउज भिगो देती या अपनी ही व्यंग्यात्मक हँसी की तीखी खनक अपने ही कानों में बजती, तो वह निर्जन वन में अपनी ही पगध्वनि से चौंकी भयत्रस्ता हरिणी-सी ही चौंककर काँपने लगती। तब क्या वह धीरे-धीरे अपना मानसिक सन्तुलन खो रही थी? मन को ही साक्षी बना स्वयं अपने ही अन्तर्मन की व्यथा का छलकता पात्र उलट, उसका मन फूल-सा

हल्का हो उठता, तब ही खानसामा का स्वर उसे चौंका देता, "खाना क्या बनेगा, मेम साहब?" और वह चौंककर कहती, "चलो, मैं आ रही हूँ।" फिर दर्पण के सम्मुख सूजी आँखों और अश्रुसिक्त कपोलों को पाउडर के अनेक प्रहारों से स्वाभाविक बना वह बाहर निकलती। फिर भी उसे लगता, हरामखोर खानसामा के चिबुक और अधर के बीच की बंकिम रेखा में प्रच्छन्न हँसी की स्पष्ट रेखा झलक रही है।

"सूखा सालन, भिण्डी और तहरी बना देना; बच्चों का खाना स्कूल भेजकर, तुम खा लेना। मैं बाहर जा रही हूँ, वहीं खा लूँगी।"

"जी, छोटी मेम साहब...?" खानसामा का वही प्रच्छन्न स्मित उस बार चिबुक से रेंगता उसकी मेहँदी से रँगी भूँछों पर बिखर गया था।

चतुरा सुपर्णा ने हृदय के क्रोध की एक तरंग को भी अपने शान्त चेहरे पर नहीं आने दिया। पता नहीं क्यों वह राज को इस प्रपंची नाम से पुकारने लगा था, पर बेचारे का दोष भी तो नहीं था।

पहले वह, उसे छलनामय आकार की देखकर, पुकारता था, 'बेबी'। एक दिन उसी ने तुनककर टोक दिया, "क्या बेबी-बेबी करते हो, अहमद! इसी महीने पच्चीस साल की हो जाऊँगी, कोई सुनेगा तो क्या कहेगा?"

फिर अहमद ने नया सम्बोधन ढूँढ़ा, 'बहनजी'। फिर वही डाँट पड़ी, "क्या बहनजी-बहनजी करते हो, अहमद! तुमने तो मुझे एकदम ही स्कूल मास्टरनी बना दिया! अजी, इनसे मेम साहब कहते हो, हमें छोटी मेम साहब कह लो—क्यों, ठीक है ना, 'सू'?"

अब सुपर्णा बेचारी कहती भी क्या! बस, उसी दिन से वह छोटी मेम साहब बन गई।

"उनके लिए खाना रख दो, तुम कब तक रुके रहोगे, तुम चले जाना!"

"ठीक है, सरकार!"

फिर अपने कमरे में आकर सुपर्णा दत्ता कटे पेड़-सी अपने पलँग पर ढह गई थी। लग रहा था, किसी दानवी शक्ति ने एक ही रात में उसकी देह का सारा रक्त सोख लिया था। जो सन्देश कई महीनों से उसके अशान्त हृदय पर धुँधले बादल-सा छाया था, वही आज घनकृष्ण मेघ की भयावह गर्जना से, पल-पल, उसे भय से अवश किए दे रहा था। ऐसा क्यों किया भगवान् ने? क्यों उसकी सुखी गृहस्थी को इस वज्रपात से झुलसाकर रख दिया? क्यों, क्यों? किन्तु इस क्यों का उसके पास अब कोई उत्तर नहीं था। उसने स्वयं

ही तो इस वज्रपात को अपने प्रांगण में उतरने का निमन्त्रण दिया था। क्या उसने स्वयं ही दुर्भाग्य के उस अलमस्त बण्डेल बछड़े से सीना तानकर नहीं कहा था, ''आ बैल मुझे मार!'' अब संगीन-से तीखे उन सींगों की व्यथा सहने के अतिरिक्त चारा ही क्या रह गया था! कल ठीक इसी समय तो उसे क्लब में डॉक्टर पद्मा बर्वे मिली थी। मिलिटरी अस्पताल की उस डॉक्टरनी से अहंकारी सुपर्णा दत्ता ने आज तक कभी सीधे मुँह बात भी नहीं की थी। पति के ऊँचे पद की महिमा को वह एक क्षण को भी नहीं भूल पाती थी, यही उसका सबसे बड़ा दोष था जिसने उसे नारी-समुदाय में कुख्याति का दृष्टान्त बना दिया था। ''पता नहीं क्या समझती है अपने को! किसी से सीधे मुँह बात भी नहीं करती! सुन्दर तो मिसेज खन्ना भी थीं, उनके पति भी ईस्टर्न कमांड के एकछत्र सम्राट् थे, पर औरर्डली के बच्चों को भी गोद में उठा-उठाकर चूम लेती थीं। एक यह है कि हँसने में भी होंठ घिसते हैं।''

पर उस दिन जानबूझकर ही वह पद्मा बर्वे की ओर मुस्कराती बढ़ गई थी। बड़ी देर बाद, एकान्त का अवसर जुटते ही, उसने अपने प्रश्न की गोली दाग दी थी, ''आज मैंने राज को आपके पास भेजा था, आई थी क्या?''

प्रश्न के प्रत्येक अक्षर के साथ उसका धड़कता कलेजा जीभ पर फिसल रहा था।

''कई दिनों से परेशान थी। जब देखो, तब कै कर रही है, कभी पेट में दर्द। कहने लगी, कहीं एपेन्डिक्स न हो—मैंने ही उसे जबर्दस्ती आपके पास भेज दिया था—एपेन्डिक्स तो नहीं है, डॉक्टर?''

उधर उसका वही चिन्तातुर चित्त मन-ही-मन न जाने किन-किन देवालयों की कल्पित देहरियों पर मनोतियों में औंधा हो रहा था, ''हे भगवान, एपेन्डिक्स ही हो...।''

''नहीं जी,'' डॉक्टरनी ने हँसकर हाथ का प्याला मेज़ पर रख दिया, ''वैसे तो मैंने उनसे प्रौमिस किया था कि बात अपने ही तक सीमित रखूँगी, शायद आपको एकसाथ ही सरप्राइज देना चाहती थीं आपकी सखी! एपेन्डिक्स नहीं है, मिसेज दत्ता! किसी-किसी को ऐसा ही होता है। शिशु भूमिस्थ होने तक मतली नहीं रुकती। फिर व्यवधान भी यथेष्ट है। बता रही थीं, उनकी सबसे छोटी लड़की आठ साल की है, उससे पहले भी एक लड़की है, लेट अस होप इट्स ए बाय दिस टाइम।'' पद्मा बर्वे की उज्ज्वल निर्दोष हँसी चाकू की तीखी धार-सी सुपर्णा के हृदय को चाक कर गई। एक पल को उसे लगा, वह

वहीं पर चकराकर गिर पड़ेगी, पर फिर उसने गर्म चाय में अपने काँपते अधर डुबे दिए। पद्मा बर्वे फिर क्या कह रही थी, एक शब्द भी उसके कानों में नहीं गया। दूसरे कोने से आते आमोद-प्रमोद के ठहाके, पति के परिचित कण्ठ-स्वर की गुंजन उसके शून्य मस्तिष्क की कछार पर पछाड़ खाकर समुद्र में विलीन होती तरंगों-सी विलयमान होती चली गई थी। इतनी बड़ी प्रवंचना! निर्लज्ज, बेहया, वेश्या! उसी की थाली में खाकर, उसी में छेद! कौन नहीं जानता था कि पिछले पाँच महीनों में न उसका पति अफ्रीका से उससे मिलने आया था, न वह उससे मिलने गई थी! अब क्या मुँह दिखलाएगी समाज में! अपने गर्भ के उस कर्ण के पिता को कुन्ती की भाँति क्या वह सूर्य की प्रखर किरणों में ढूँढ़ती फिरेगी? फिर, रोहित से उसकी प्रगाढ़ मैत्री का रहस्य क्या अब रहस्य रह गया था? उसके सौभाग्य से उस दिन वह पतिता होटल से नहीं लौटी और सुपर्णा ने वह रात बच्चों की नर्सरी में ही काटी थी। एक बार भी रोहित ने आकर नहीं पूछा कि वह वहाँ क्यों सो रही है। दोनों बच्चों ने अवश्य माँ को तकिया लेकर अचानक अपने कमरे में सोने आई देख आश्चर्य से पूछा था, "ममी, आज आप यहाँ क्यों सोएँगी?"

"तुम्हारे पापा आज देर तक किताब पढ़ेंगे, और रोशनी मेरी आँखों में लगती है।" उसने बच्चों को दूध देने आए खानसामा को सुनाने के लिए ही अपनी कैफियत का स्वर और ऊँचा कर दिया था। बत्ती बुझाते ही दोनों बच्चे उससे चिपट गए तो उसकी आँखें बरसने लगीं—हाय, इन फूल-से बच्चों को इधर उसने कैसे भुला दिया था! रात-रात-भर ताश, पिकनिक, क्लब, स्वीमिंग, इन सबसे उसे एक पल भी क्या कभी मिल पाता था? जब से राज आई थी—फिर वही राज, राज! इसी एक नाम से शत-सहस्र नागों के दन्तक्षत का विष उसके अंग-अंग में व्याप गया था। दो दिन पूर्व उसी की बगल में कुर्सी डाल राज रोहित और बच्चों के साथ साँप का नाच देख रही थी। सपेरे की सर्पमार से तरंगित मंजूषा को अचानक उस बन्दी कोबरा ने फनफनाकर अपनी क्रुद्ध फन की टक्कर से गिरा दिया और फूत्कार छोड़ सतर हो झूमने लगा था।

"तुझे भोलानाथ की सौगन्ध, बेटा, डँसना मत!" साँप से भी भयावह आकृतिवाले उस सपेरे ने क्रुद्ध नाग के फन को, बीन की टक्कर से पंखे-सा फैलाकर कहा, "असली पद्मनाग है, सरकार, सीधे भोले की जटा से उतरकर गोरखपुर की तराई में उतरा था, वहीं से पकड़ा है उसे। जिसे डस ले, तो

इसका जहर उसकी खोपड़ी फाड़ दे!"

"हाय राम, 'सू'। ऐसा भी जहर होता होगा क्या?" आज सखी के उसी भोले प्रश्न के जहर ने सुपर्णा की खोपड़ी फाड़कर रख दी थी। उसके शान्त-सुखी जीवन को मरुत् के वेग से प्रकम्पित करनेवाली कैशोर्य की वह विस्मृत सखी एक वर्ष पूर्व उसे अचानक हज़रतगंज में मिली, तो पहले वह अविश्वास से उसे देखती रह गई थी। यह तो राज लग रही है, पर राज कैसे हो सकती थी? वह तो सुपर्णा के विवाह से पहले ही अपने पिता के साथ कैनेडा चली गई थी, फिर सुना था, उसके पिता वहीं बस गए हैं। वह उसे अविश्वास से देख ही रही थी कि अचानक राज की दृष्टि उस पर पड़ी। एक पल में भीड़ चीरती वह उससे लिपट गई थी। "तू यहाँ कैसे?" और "तू यहाँ कैसे" के पश्चात दोनों ने दो सिरों पर खड़े, अपरिचय के घेरे में खिसियाए, एक-दूसरे को मौन-विस्मय की कनखियों से देख रहे अपने-अपने पतियों का परिचय भी एक-दूसरे से करा दिया था। मेजर जनरल रोहिताश्व दत्ता की सुदीर्घ देह की छाया में राज के बौने कदर्य गंजे पति को देख सुपर्णा को एक पल को गहरा आत्मिक सन्तोष हुआ था, उसी क्षण अपनी ओछी चित्तवृत्ति से वह स्वयं खिसिया गई थी। आज तक जिस प्रतिद्वन्द्विनी ने उसे शैशव से लेकर कैशोर्य की प्रत्येक प्रतिद्वन्द्विता में पछाड़ा, वह आज़ उसके वैवाहिक जीवन के अखाड़े में आकर चारों खाने चित्त हो गई थी। स्कूल में के.जी. से लेकर सीनियर कैम्ब्रिज तक दोनों रेसकोर्स में गहन आत्मविश्वास से कुबड़े होकर प्राणान्तक वेग से घोड़ा भगाते प्रतिद्वन्द्वी जौकिया की भाँति अन्त तक साथ-साथ रहतीं; किन्तु विजय की डोर सदैव छूती राज मेहरा। सौन्दर्य-प्रतियोगिता में किशोरी सहपाठिनियों को सुपर्णा के सौम्य सौन्दर्य की गरिमा मोहती; किन्तु वयस्क सौन्दर्यपारखी निर्णायकों की लोलुप आँखें राज की यौवनमण्डिता देह को ही उससे अधिक नम्बर देतीं। ब्यूटी क्वीन का किरीट जगमगाता राज मेहरा के कटे केशगुच्छ पर और सुपर्णा राय को मिलता रनर्सअप का गुलदस्ता। संगीत-प्रतियोगिता में भी राज के मांसल कण्ठ की क्रूनिंग ही बाजी मार ले जाती और बेचारी सुपर्णा के कण्ठ का रवीन्द्र संगीत उसी के कण्ठमाधुर्य में खो जाता। फिर अपनी विदेश-यात्रा के अन्तिम प्रहार से भारतवासिनी सखी को एकदम ही निरस्त्र कर राज मेहरा विदेश उड़ गई थी; पर आश्चर्य यह था कि दोनों में गहन प्रतिद्वन्द्विता होने के बावजूद दोनों की मैत्री अन्त तक अक्षुण्ण रही थी। राज उससे कहती थी—'सू', और 'सू' के प्रति उसके

लाड़-प्यार का अन्त नहीं था। इतने वर्षों बाद राज ऐसे मिल जाएगी, सुपर्णा ने स्वप्न में भी नहीं सोचा था। औपचारिक परिचय के पश्चात्, दोनों एक-दूसरे को अपने-अपने घर आने का निमन्त्रण देकर विदा हुईं। पहले राज का कुतूहल ही उसे 'सू' के बँगले में खींच ले गया था।

लॉन की मखमली दूब में स्टील के झूले पर झूल रही सखी के वैभव को उसने दूर से ही सूँघ लिया। जान-बूझकर ही वह बिना फोन किए आ गई थी। क्या पता, फोन करने पर 'सू' अपने वैभव को बढ़ा-चढ़ाकर प्रस्तुत करे!

"अरे राज, तू आ गई? मैं आज ही रोहित से कह रही थी कि जैसे भी हो, आज की पार्टी में राज और उसके पति को बुलाना होगा। इनके एक कलीग का तबादला हो गया है, आज हमने उन्हें ही डिनर दिया है। मेरा मन सच्चा था न, इसी से तू खुद आ गई..."

बड़ी देर तक दोनों ने अतीत के कितने पृष्ठ उलटे, कितनी बार चारों आँखें खिलखिलाईं, गीली हुईं और दोनों प्रौढ़ यौवन को फाँदती उल्टे पैरों अपने कैशार्य के प्रांगण में उतर गईं, "याद है राज, मदर टाइबरशिया ने हमें कैसे घुटनों के बल कंकड़ों पर चलने की सज़ा दी थी?"

"याद है, याद है!"

"और फिर जब मुझे मीजल्स हुए और मैं इन्फरमरी में छिपाकर तुझे स्ट्रौबेरी का दोना थमा आई थी?"

"याद है, याद है!"

ओफ, कितनी यादें थीं और कैसी मीठी टीस! कैशोर्य, जो अभी भी दबाने पर पके फोड़े-सा दुखता था और यौवन, जो किसी दगाबाज दोस्त की भाँति धीरे-धीरे दोनों की पकड़ से छूटता जा रहा था।

"जरा सोच तो, 'सू', इसी दस जनवरी को पच्चीस पूरे कर लूँगी। एनादर फाइव इयर्स एण्ड नो मोर ट्वेण्टीज।" राज ने बटुआ खोलकर नन्हे-से दर्पण में धूमिल पड़ रहे लिपस्टिक को फिर प्रगाढ़ किया और एक लम्बी साँस खींचकर मुस्कराई, "क्यों, ठीक कहा था ना मैंने?"

राज के शरीर से आती मनमोहक सुगन्ध, साड़ी के अमेरिकी ज्यौर्जेट का आँचल, अँगुली में चमकती विदेशी हीरों की प्लाटिनम की अँगूठी, आँखों के नकली पक्ष्म, हाथ में झूल रहा धूप का चश्मा, प्रत्येक प्रसाधन में आभिजात्य की सुस्पष्ट छाप थी। अपनी उस प्रिय सखी की उपस्थिति में सुपर्णा एक पल को भी अब तक प्रकृतिस्थ नहीं हो पा रही थी।

"कितने बच्चे हैं तेरे?" सुपर्णा ने पूछा।

"दो लड़कियाँ," राज ने अपने कटे केशगुच्छ को एक मोहक झटके से पीछे कर, अपनी दस वर्ष की भुवनमोहिनी हँसी से मुक्ता-सी धवल दन्तपंक्ति बिखेर दी, "और तेरे?"

सुपर्णा की सतर ग्रीवा पर उसका अहंकारदीप्त एलोकेशी जूड़ा बिखर गया, "दो—एक बेटा, एक बेटी—विक्रम और जूही—वे आ रहे हैं स्कूल से..." सुपर्णा ने गर्वदीप्त दृष्टि से पुत्र-पुत्री को बुलाकर राज से परिचय कराया। कैसी दर्शनीय जोड़ी थी दोनों की! आँखें जुड़ा जाती थीं। सुर्ख गाल, गोरा रंग गया था बाप पर और काली शान्त भँवर पुतलियाँ पड़ी थीं माँ पर।

"तू बच्चों को क्यों नहीं लाई?" पुत्र की जननी होने के कारण अपनी तुलना में सखी का दुर्बल मातृपक्ष उसके कण्ठ में दुलार छलका गया, "ले आती तो खुश हो जाते।"

"कहाँ से लाती!" इस बार राज के स्वर के अहंकार का पलड़ा ऊपर उठ गया, "दोनों नाना-नानी के पास कैनेडा में पढ़ रही हैं—वैसे भी अब हमने छुट्टी पा ली है।"

"जाओ, तुम लोग अहमद से खाना माँग लो!" सुपर्णा को सखी की अन्तिम सूचना भयत्रस्त कर गई थी, उसकी वह सिरफिरी सहेली भोले बच्चों की उपस्थिति में भी सभी कुछ बक सकती थी। "क्यों, आपरेशन करवा लिया क्या?" सुपर्णा ने दबे स्वर में पूछा।

"और क्या? कौन इल्लत पाले—वहाँ सब सुविधाएँ थीं, पर हमने नहीं—इन्होंने करवाया।"

"मूर्ख, एक बेटा तो होने देती!"

"तीसरी भी बेटी होती, तब? दोनों बार सिजेरियन बच्चियाँ हुई थीं, फिर एक बात और भी थी..."

"क्या?"

स्पष्ट भाषण उसकी उस सखी के व्यक्तित्व का सबसे बड़ा आकर्षण था। पहले भी कभी कुछ मन में नहीं रखती थी, "दोनों चुड़ैलें अपने बाप पर पड़ी हैं; बेटा भी होता, तो क्या पता, बाप ही पर पड़ता! एक और नन्हे गैंडे को पृथ्वी पर लाकर करती भी क्या...!" उसकी उन्मुक्त हँसी को सुपर्णा ने बीच ही में डपटकर रोक दिया, "छिः, शर्म नहीं आती पति को गैंडा कहते! तू जरा भी नहीं बदली, राज!"

"पर, 'सू'," राज ने उसका हाथ पकड़ लिया, "बदसूरत पति की पत्नी होने में जो सुख है, वह तू कभी समझ ही नहीं सकती। कोई भी फरमाइश मुँह से निकलते ही पूरी! हाथ की हथेली में पति ऐसे उठाकर चलता है, जैसे काँच की गुड़िया हूँ! ससुर का अफ्रीका में बहुत बड़ा व्यापार है। ये तो शौकिया नौकरी कर रहे हैं, जब जी ऊबेगा, फिर वहाँ उड़ जाएँगे।"

सुपर्णा उसे आश्चर्य से देखती रही थी। न चाहने पर भी एक लम्बी साँस उसके खुले अधरों से निकल ही गई थी। एक क्षण को उसे अपने कठोर पति की आवेगहीन मुखमुद्रा का स्मरण हो आया। वैवाहिक जीवन के प्रथम मधुर क्षणों को भी उसके प्रेम-निवेदन में रेंग आई उसके सैनिक जीवन की अनुशासनबद्धता अनेक बार म्लान कर गई थी। अपने जाट, डोगरा, मराठे, सिख और गोरखे सैनिकों की ही भाँति वह इतने वर्षों में भी उसे सदा अपनी आँख की कमान से उठाता-बैठाता आया था; किन्तु पति की उदासीनता के लिए कभी भी उसके असन्तुष्ट चित्त ने भूले से भी कभी उससे कोई कैफियत नहीं माँगी। वह जानती थी कि बाहर से कठोर दीखनेवाले उसके विचित्र सनकी पति का बहिरंग था पहाड़ी काठी अखरोट-सा ही कठोर; किन्तु अन्तरंग का कच्चा गूदा था उतना ही मीठा, उतना ही दूधिया। आज तक क्या कभी भी उसके भोलेनाथ को उसकी विवाह-तिथि या जन्म-तिथि का स्मरण रहा था? उधर राज उसकी आँखों के सामने अपनी सतनगी हीरे की अँगूठी चमकाकर कह रही थी, "यह मेरे पिछले जन्मदिन पर वेद ने दी। इसके पहले जन्मदिन पर मर्सीडीज ले आया। यह नौकरी तो मैंने वक्त काटने के लिए ले ली है, 'सू', वैसे वेद की फर्म की नौकरी में हमें सब सुख हैं। फ्री फर्निश्ड बँगला, शोफर ड्रिवन कार, पर मेरा तो दिन काटे नहीं कटता था, इसी से वक्त काटने के लिए यह नौकरी ले ली..."

"तब क्या तू भी नौकरी करती है?"

"अरे बस, यों ही। यहाँ एक ही तो फाइवस्टार होटल है, उसी में रिसेप्शनिस्ट हूँ।"

सुपर्णा की विस्फारित आहत दृष्टि उसे सहसा हँसा गई, "ऐसे क्या देख रही है मुझे? क्या दोष है रिसेप्शनिस्ट बनने में? दिन-रात ठसकेदार अतिथियों का आतिथ्य निभाती हूँ, मुफ्त का खाना, पीना, घूमना। कहे तो तेरे लिए भी कोशिश करूँ? विद योर लुक्स एण्ड फिगर..."

"माफ कर!" सुपर्णा ने एक ही वाक्य से सखी के लुभावने प्रस्ताव का

मुलम्मा उतारकर रख दिया। "मुझे ये रिसेप्शनिस्ट वैसी ही लगती हैं, जैसे कभी फौजी वैकाई हुआ करती थीं।"

पति की सखीप्रदत्त प्रशंसा का वही अर्घ्य आज सुपर्णा के कानों में गर्म शीशा उड़ेल रहा था। तब क्या वह उसी दिन रोहित पर खीझ गई थी? कैसी मूर्ख थी सुपर्णा! उस दिन के डिनर में भी राज मारात्मक शृंगार करके आई थी। पहली झलक में सुपर्णा को वेद जितना अनाकर्षक लगा था, दूसरी भेंट में उसे वह उतना बुरा नहीं लगा। उसके बात करने में, उठने-बैठने में एक सहज, निश्छल आकर्षण था और उसी आकर्षण ने, उसी की भाँति, रोहित को भी धीरे-धीरे मैत्री-बन्धन में बाँध लिया।

प्रायः ही वह आफिस से सीधा वहीं चला आता। राज को प्रायः ही लौटने में बड़ी देर हो जाती और कभी-कभी तो वेद बतलाता था कि उसे पौ फटने से कुछ ही पहले होटल की स्टाफ-कार घर पहुँचा जाती थी।

"बड़ी मेहनत पड़ती है बेचारी को, एकदम थककर चूर हो जाती है," वह ऐसे कहता, जैसे राज सुपर्णा की-सी ही कोई कठोर तपस्यारता अद्भुत नारी हो! सुपर्णा जान-बूझकर ही पति की उपस्थिति में राज की गृहस्थी के प्रति उदासीनता का प्रसंग छेड़ वेद को और वाचाल बना देती।

"क्यों, वेदजी, आपको क्या कभी यह नहीं लगता कि राज आपको नेगलेक्ट कर रही है?"

"नेगलेक्ट? अजी कैसी बात कर रही हैं आप! रात दो बजे लौटेगी तो मुझे जगा-जगाकर आफत कर देगी—'दूध पिया या नहीं? इन्सुलिन लिया था? गरम वेस्ट पहनी है या नहीं?' उसका बस चले तो शायद मुझे भी अपने बटुए में डालकर साथ ले जाए।"

"और मेरा बस चले तो ऐसी बीवी को गोली से उड़ा दूँ, वेद!" पहली बार रोहित ने वेद की निर्वीर्यता को ऐसे नंगा किया था कि सुरुचिसम्पन्ना सुपर्णा अपदस्थ होकर पहले तो चुप रही, फिर हँसकर उसने बात बदलने की चेष्टा की, "आज असल में नीट जिन हैज गोन टु हिज हेड, वेदजी, बुरा मत मानिएगा। यह उसी जिन की झोंक में बक रहे हैं।"

सुपर्णा ने ठीक ही कहा था, दोनों मित्र बड़ी देर से गिलास पर गिलास खाली किए जा रहे थे; किन्तु रोहित के मदालस सुर्ख कपोलों पर पत्नी की सफाई ने उत्तेजना की लालिमा को और प्रगाढ़ कर दिया।

"मैं बकवास नहीं कर रहा हूँ!" उसने अपनी बँधी मुट्ठी जोर से मेज

पर मारकर अपने कथन की पुष्टि की। "कौन नहीं जानता कि होटल की..."

"अच्छा बस, चुप भी करिए!" हँसकर सुपर्णा ने उग्र वातावरण को अपने शान्त स्मित से पल-भर में साध लिया; पर उस दिन पहली बार रोहित पूरे वक्त गुमसुम बना बैठा रहा। बुरी तरह डपट दिए गए किसी कुत्ते की-सी उन आहत आँखों पर सुपर्णा को बेहद तरस आया था। उसके जाते ही उसने पति को खूब आड़े हाथों लिया था, "छिः, कभी कैसा बचपना करते हो तुम! घर आए अतिथि का ऐसा अपमान करते तुम्हें शर्म नहीं आई? ऐसा तो तुमने पहले कभी नहीं किया!"

"ऐसा मेरुदण्डहीन अतिथि क्या पहले कभी आया था मेरे यहाँ? देख लेना, एक दिन तुम्हारी राज के इस गैंडे को पुरुष बनकर जीना सिखा दूँगा।"

पर वह क्या जानती थी कि उसे पुरुष बनाने में स्वयं उसका पति ही एक दिन पशु बनकर रह जाएगा?

राज और वेद, दोनों ही उनके परिवार के अभिन्न अंग बन गए थे। एक साथ उठना-बैठना, घूमना, पिकनिक मनाना, सिनेमा देखना, फिर रविवार को सुपर्णा उन्हें बड़े आग्रह से ताश की बैठक के लिए रात-भर रोके रहती। सखी के आने से सुपर्णा के नीरस जीवन में वैचित्र्य का वह अस्वाभाविक झोंका पहले-पहले जितना मीठा लगा था, अब उसी की एकरसता उसे उबाने लगी। कभी-कभी वह अपने अतीत के निःसंग विस्मृत एकान्त के लिए तरसने लगी। उसकी गृहस्थी की शान्त झील की स्थिर जलराशि में राज ने जैसे एक ढेला मारकर उसे अशान्त अगणित तरंगों से भर दिया था। पहले-पहले रोहित को भी उनका प्रत्येक रविवार को निमन्त्रित किया जाना अखरा था, किन्तु चतुरा व्यवहार-पटु राज कभी खाली हाथ नहीं आती थी। रोहित की प्रत्येक दुर्बलता को वह जैसे डायरी में नोट कर घर ले जाती, कभी क्वालिटी के आकर्षक डिब्बों में पैक्ड रोस्ट मुर्ग, कभी प्रौन और फिर ससुर के विदेशी सेलर से प्रचुर मात्रा में लाई गई क्षीण कटि की बोतलों की क्या उसके पास कोई कमी थी? सुपर्णा के दोनों बच्चे तो राज आंटी पर जान छिड़कते थे। उनके नन्हे हृदयों को वह एक से एक दामी उपहार देकर बहुत पहले ही विजित कर चुकी थी। यही नहीं, सुपर्णा के सास-ससुर जब भी पुत्र से मिलने आते, राज उन्हें भी अपने उदार उत्कोच से कण्ठ तक भर देती। वह एक प्रकार से कलकत्ता की ही लड़की थी। वर्षों पूर्व उसके पूर्वज पंजाब से आकर कलकत्ता ही में बस

गए थे। इसी से त्रुटिहीन बंगला उच्चारण ही नहीं, बंगाल के प्रत्येक व्यंजन की रिसीपी में उसकी पाककला अमृत टपका देती। 'घंट', 'शुक्तो', 'डालना', और 'फ्राई बाग्दी चिंग्ड़ी' से लेकर 'झाल माछ' की साकार व्यंजना वह स्वच्छ नैपकिन में ढाँपकर वृद्ध युगल जोड़ी के खाने की मेज पर सजा जाती।

"आहा, की लोक्खी भेये तोमार बन्धू बउमा!" सास कहती, "जैमोन चेहरा तेमनी गुन (तुम्हारी सखी कैसी लक्ष्मी है, बहू! जैसा ही रूप, वैसा ही गुण!)!" किन्तु इसी बीच सुपर्णा ने देख लिया था कि पति के नथुने केवल सुव्यंजनों की सुगन्ध पाकर ही ऐसे नहीं फड़क रहे हैं, उन्हें नारी-देह-गन्ध ने भी व्याकुल कर दिया है। संसार की मूर्ख नारी भी अदर्शी सौत की देह-गन्ध को नरभक्षिणी शेरनी की ही भाँति बड़ी दूर से सूँघ लेती है। फिर बेहया राज तो जीती-जागती सौत की-सी ही धृष्टता से एक दिन उसका सर्वस्व हरण करने उसके गृह की स्थायी सदस्या बनकर वहाँ रहने आ गई थी।

जिस दिन वह होटल से सीधी अपने गैंडे के तबादले का समाचार देने आई, तो सुपर्णा रोहित के साथ चाय पी रही थी।

"हे फौक्स, वेद की बदली हो गई..."

"कहाँ?" स्वर के आनन्द को सुपर्णा रोक ही नहीं पाई थी।

"दिल्ली—ला, पहले चाय पिला 'सू', आज तो दो लम्ब-तड़ंग विदेशी अतिथियों को घुमाते-घुमाते जान ही निकल गई। बेलीगारद, इमामबाड़ा, फिर कहने लगे—चिकन के कुर्ते खरीदेंगे। एक बार तो जी में आया, कह दूँ, हमारे यहाँ ऊँटों की नाप के कुर्ते नहीं बनते, फिर सोचा, लंगूर खुद ही जाकर देख लें। किस दुकान में उस ताड़ के पेड़ के नाप का कुर्ता मिल सकता था भला! हारकर आर्डर दे आए।"

"कब जा रही है, दिल्ली?" सुपर्णा के स्वर का कुतूहल उसे थमाए जा रहे चाय के प्याले के साथ छलक गया।

"ए बटरफिंगर्स! मैं ऐसे किसी अतिथि की चाय छलका दूँ तो नौकरी चली जाए!" उसने हँसकर रूमाल से हाथ पर छलकी चाय पोंछी।

"अब तुझे नौकरी जाने की क्या चिन्ता!" सुपर्णा ने हँसने की चेष्टा कर भीतर-सशंकित दृष्टि से उसे देखा, जैसे वह जान गई थी कि शत्रुपक्ष से एक न एक हथगोला अवश्य फेंका जाएगा।

"हटा यार, हम नहीं जा रहे हैं दिल्ली। वेद भी रिजाइन कर अफ्रीका लौट जाएगा।"

"और तू?" सुपर्णा का चेहरा उत्तर की आशंका से पहले ही फक पड़ गया।

"हमने वेद से कह दिया है, हम अपनी नौकरी नहीं छोड़ेंगे। कहने लगा, 'कहाँ रहोगी?' मैंने कहा, 'क्यों, 'सू' के रहते और कहाँ रहूँगी!' "

"यू आर मोस्ट वेलकम राज!" रोहित ने हँसकर उसकी ओर पकौड़ियों की प्लेट बढ़ा दी। सुपर्णा ने आहत, विवश दृष्टि से पति की ओर देखा, फिर अपनी कठोर दृष्टि राज के चेहरे पर निबद्ध कर दी, "तू मूर्ख है राज! बेचारा वेद, इधर उसकी तबीयत भी ठीक नहीं रहती, हाऊ कैन यू लीव हिम?"

"अरे, चिन्ता मत कर!" राज बटुआ उठाकर खड़ी हो गई। "मेरे गैंडे का चमड़ा भी निखालिस गैंडे का है। हाँ; तुझे कोई आपत्ति हो तो—आई कैन मेक सम अदर अरेंजमेंट। होटलवाले ही मुझे सिर-आँखों पर रख लेंगे। वहाँ मेरी स्थिति अब इतनी मजबूत है 'सू', कि अपना मुँहमाँगा दाम माँग सकती हूँ। अंग्रेजी, हिन्दी, पंजाबी, बंगला, फ्रेंच, सुहाली भाषा जाननेवाली मुझ जैसी लिंग्विस्ट रिसेप्शनिस्ट कहाँ जुटेगी उन्हें?" उसकी दम्भी मुस्कान से उसका पूरा चेहरा दमक उठा।

"मुझे कमरा भी नहीं चाहिए, डार्लिंग!" उसने फिर बड़े दुलार से सखी का स्कन्ध स्पर्श किया, "बच्चों की नर्सरी में ही मेरा पलँग डाल देना—तू पार्टी में जाएगी और मैं बेबी सिटिंग करूँगी..."

कैसी बेबी सिटिंग की थी निर्लज्ज राज ने! और फिर, उसका गैंडा ही उसके आकर्षक देशी-विदेशी बिल्ले लगे सूटकेसों को पहुँचाने स्वयं सुपर्णा के बँगले में आ गया था। सामान रखकर जाने ही लगा था कि सुपर्णा ने उसे रोक लिया था। सौभाग्य से उस दिन वह अपने बँगले में अकेली थी। सास-ससुर कलकत्ता चले गए थे, बच्चे स्कूल। राज अपने होटल के कुछ अतिथियों को चिनहट की क्रौकरी खरीदवाने चली गई थी और रोहित परेडग्राउण्ड की ओर निकल गया था।

"ठहरो वेद!" सकपकाकर वह ठिठका।

"कहिए!" उसने हँसकर कहा; किन्तु उसका विनम्र स्मित सुपर्णा के कठोर चेहरे को देखते ही फिर उसके शुष्क अधरों में सिमट गया।

"राज तो मूर्ख थी ही, पर तुम भी इतनी बड़ी मूर्खता करोगे, यह मैंने कभी नहीं सोचा था। छिः-छिः, उस दो कौड़ी की नौकरी के लिए वह तुम्हें किस दुस्साहस से छोड़ रही है! अभी भी कुछ नहीं बिगड़ा वेद, घर जाकर

समझाओ और साथ ले जाओ, जाओ...''

फिर जो हुआ, उसके लिए सुपर्णा प्रस्तुत नहीं थी। डायनामाइट की किसी अदृश्य सुलगी बत्ती ने ही जैसे पलक झपकते गैंडे की इस विराट् चट्टान-सी देह को भरभराकर भूमिसात कर दिया। पहले उसके होंठ काँपे फिर आकारहीन चिबुक, फिर परस्पर-जुड़ी अनाकर्षक घनी भौंहें, और फिर वह बदनुमा चेहरा रुदन की सहस्र विकृत झुर्रियों में एकदम ही सिकुड़ गया। वहीं कुर्सी पर फत्त से गिर वह फूट-फूटकर रोने लगा।

सुपर्णा घबरा गई। किसी वयस्क पुरुष को ऐसे फूट-फूटकर रोते वह जीवन में पहली बार देख रही थी। अभी बच्चे स्कूल से आते होंगे, खानसामा भी अभी आएगा—वैसे भी सागरपेथे से, सब नौकरों के आने का वक्त हो रहा था। किसी ने देख लिया तो गजब हो जाएगा। अब तक यत्न से छिपाई गई उसके जीवन की वह उघड़ी सीवन निर्मम निर्लज्जता से उसके अंग उघाड़कर रख देगी।

''वेद, वेद! आई एम सारी वेद!'' सुपर्णा का कोमल द्रवित चित्त सहानुभूति के गह्वर से अवरुद्ध हो गया, ''वेद, प्लीज!'' सुपर्णा ने अपने सुकोमल हाथों से गैंडे के चेहरे से उसके दोनों लोमश हाथ हटाने की चेष्टा की। जीवन में पहली बार नारी की सहज, निष्कपट सहानुभूति का अपूर्व शीतल स्पर्श पाकर उसके यायावर के आँसू आँखों ही में थमक गए। उन गोरे हाथों की लम्बी अँगुलियों को थामकर वह रुँधे गले से कहने लगा, ''मैं उसे बहुत प्यार करता हूँ, सुपर्णा, मैं उसके बिना जी नहीं सकता!''

''इसी से तो कह रही हूँ, उसे साथ ले जाओ वेद! नारी कभी कायर का प्रेम स्वीकार नहीं करती। उसके जीवन में पति के लाड़-दुलार का जितना महत्त्व है, उसके पैर की ठोकर का भी उतना ही महत्त्व है वेद! केवल मीठा खाने से किसे आनन्द आ सकता है!''

ठीक उसी समय आँधी के झोंके-से ही मदिर सुगन्ध की लपटें छोड़ती राज पर्दा खोलकर हँसती उन दोनों के सम्मुख खड़ी हो गई। वेद के खुरदुरे कपोलों पर बहे आँसू अभी सूखे नहीं थे, उसके काले मजबूत हाथों की पकड़ में सुपर्णा के दोनों हाथ तब भी बन्दी थे।

''हे—आर यू मेकिंग लव?'' और फिर पति के वेदना-विधुर चेहरे को देख, उसने सन्दिग्ध दृष्टि से सुपर्णा को देखा। उसकी अनुपस्थिति में वह उसे कैसा पाठ पढ़ा रही थी, वह समझ गई। बोझिल वातावरण असह्य हो उठता, इससे

पूर्व ही सुपर्णा के दोनों बच्चे स्कूल से आकर उससे लिपट गए, "राज आंटी, अब आप हमेशा यहीं रहेंगी ना? हमारे कमरे में?"

"यस स्वीटहार्ट—एकदम तुम्हारे कमरे में!" बच्चों के प्रति प्रेमप्रदर्शन में राज के व्यवहार में कहीं भी बनावट नहीं थी। 'सू' के दोनों बच्चों पर उसका प्रेम जितना ही अकपट था, उतना ही था उदार।

"देखो, मैं आज तुम्हारे लिए होटल से क्या-क्या लाई हूँ!" रंगीन रिबन-बँधा आकर्षक डिब्बा उन्हें थमाकर वह सुपर्णा की ओर मुड़ी, "डोण्ट वेट फोर मी 'सू', आज मेरे गैंडे की यह लखनऊ में आखिरी साँझ है—उसकी लास्ट 'शामे अवध'! इसी से मैं आज केवल अपने पति की ही रिसेप्शनिस्ट रहूँगी, यही मैं अपने मैनेजर से भी कह आई हूँ—चलो वेद!" और फिर वह अपने गैंडे को एक प्रकार से खींचकर ही ले गई थी।

कुछ दिनों तक राज का शिष्ट, शान्त, अस्वाभाविक रूप देखकर सुपर्णा आश्चर्यचकित रह गई थी। तब, क्या वह अपने सौम्य आचरण से धीरे-धीरे उसका विश्वास जीत रही थी? कभी-कभी वह होटल से ही फोन कर देती, "मैं आज घर नहीं आऊँगी 'सू', तीन-चार दिन के लिए बाहर जा रही हूँ।" जब लौटती, तब बच्चों के साथ ही खेलती रहती, या अपने कमरे में ही कोई जासूसी उपन्यास लेकर लेट जाती। तब क्या वेद के साथ किए अपने दुर्व्यवहार के पश्चात्ताप ने ही उसका यह कायाकल्प कर दिया था, या वह उसके गिरगिटी कलेवर की बहुरूपिया प्रवंचनामात्र थी? फिर, एक दिन ब्रिगेडियर धर की मुखरा गौसिपी पत्नी धीरा धर ही उसे आकर वह समाचार दे गई थी, "पहले सोचा, तुमसे न कहूँ, पर फिर सोचा, पद में तुम बड़ी हो तो क्या हुआ, उम्र में तो मैं बड़ी हूँ ही। फिर बंगाली हूँ—जानबूझकर तो किसी बंगाली गृहिणी का अनिष्ट होते देख चुप नहीं रह सकती। सारी छावनी तुम्हारी इस बेहया सहेली पर थूक रही है और एक तुम हो कि जानबूझकर भी नागिन को गले से लगाए निश्चिन्त पड़ी हो! तुम्हारे पति के लिए बेशर्म ने अपने ही होटल में एक डबल रूम बुक कराकर रख छोड़ा है। जब भी मौका लगता है, दोनों वहीं मिलते हैं। किसी दिन सुअवसर देखकर तुम्हें फोन करूँगी—फिर तुम दोनों को बड़े मजे से रँगे हाथों स्वयं पकड़ सकती हो!"

पर सुपर्णा ने उस हितैषिणी के फोन के बिना ही पति की प्रवंचना को घर बैठे ही पकड़ लिया था। उस दिन होटल में राज की रात की ड्यूटी थी। दिन-भर वह बच्चों की नर्सरी में, जैसे भाँग का गोला खाकर पड़ी सोती रही

थी। सन्ध्या को तैयार सुपर्णा से विदा लेने आई तो हँसकर बोली, "देख 'सू', यह सेट कैसा लगा तुझे? है न कमाल का? कल चौक की एक छोटी-सी दुकान से ले लिया। काबुल की एक फिल्मतारिका के साथ वहाँ गार्नेट ढूँढ़ रही थी कि ये दिख गया है। है भी कितना सस्ता—गैस!"

राज के गौर कण्ठ से चिपके उस जगमगा रहे चोकर और कानों में लटकते वैसे ही नवरत्न के गुम्बदों की अनुपम बनावट देख, राज की हृदयहीन प्रवंचना को भी सुपर्णा एक पल को भूल गई। नारी सुलभ कुतूहल से उसकी दोनों आँखें चमकने लगीं। कैसा विचित्र हृदय बनाया है विधाता ने नारी का! गहरी से गहरी चोट खाकर भी वह किसी अनुपम आभूषण को ललचाई दृष्टि से देखने का लोभ संवरण नहीं कर पाती।

"कितने का है राज?"

"कुल दो हजार...है ना लूट! ढाई माँग रहा था पट्ठा, हमने दो का ही चेक काटा।"

वह चली गई तो सुपर्णा उठकर बच्चों का कमरा ठीक करने चली गई। लापरवाह राज प्रायः ही उतरी साड़ी-ब्लाउज, ब्रा कमरे ही में फैलाकर छोड़ जाती थी। उसे अपने सुव्यवस्थित सँवरे बँगले की सज्जा में सामान्य-से तिनके की उपस्थिति भी सह्य नहीं होती थी। पिछले पन्द्रह दिनों से, जब से डॉक्टर बर्वे ने उसे वह सूचना दी थी, उसकी अनुभवी आँखें शिकारी कुत्तों की ही भाँति निरन्तर राज की गतिविधि का पीछा कर रही थीं। एकाएक उसकी मतली, चेहरे का पीलापन, अलस अँगड़ाइयाँ न जाने किस शून्य में विलीन हो गई थीं! पीठ से लगा पेट, उत्फुल्ल चेहरा, उज्ज्वल आँखों की स्निग्ध दृष्टि, कहीं भी सम्भावित मातृत्व का कोई चिह्न नहीं था। तब क्या, जब वह चार-पाँच दिन के लिए बाहर गई थी, तब ही अपने बोझिल शरीर को भारमुक्त कर आई थी? वह नर्सरी में गई तो पूरे कमरे में अभागिनी कपड़ों का बाजार-सा लगाकर छोड़ गई थी। एक ओर तकिया पड़ा था, दूसरी ओर साड़ी। जमीन पर ढहे तम्बू-कनात-सा पेटीकोट वैसे ही पड़ा था, जैसे उसे उतारा गया था। झुँझलाकर वह अस्त-व्यस्त वस्तुएँ सहेज रही थी कि अचानक उसकी दृष्टि मेज पर धरे नए मखमली केस पर पड़ी। शहर के उस प्रतिष्ठित जौहरी की दुकान तो वैसी छोटी-मोटी नहीं थी, जैसा राज बता गई थी, फिर वह दुकान तो अमीनाबाद में थी, चौक में नहीं। तब क्या उससे झूठ बोल गई थी राज? पर क्यों? फिर अचानक उसके गम्भीर चेहरे पर मुस्कान खेल गई। ओह, समझ

गई! शायद सोच रही होगी कि मैं भी उस दुकान से ऐसा ही सेट खरीद, उसकी मौलिक रुचि को म्लान न कर दूँ। कोई भी नारी नहीं चाहती कि उसी की-सी साड़ी या उसी का-सा गहना किसी अन्य नारी के अंग को महिमान्वित करे! फिर सखी को नीचा दिखाने की प्रेरणा ही उसे उसी दिन उस जौहरी की दुकान पर खींच ले गई।

"कहिए!" नम्र जौहरी उसके सम्मुख खड़ा हो गया।

"आपके यहाँ से मेरी एक परिचिता कल एक नवरत्न का सेट खरीदकर ले गई थीं। रिवर्सिबल मीने का है। क्या वैसा ही एक दूसरा सेट होगा आपके पास?"

"क्या शुभ नाम है उनका?"

"राज, राज सचदेवा!"

जौहरी ने अपना मोटा बहीखाता खोला, "जी हाँ, एक जयपुरी नवरत्न का सेट हमारे यहाँ कल बिका है, पर उसे किसी राज सचदेवा ने तो नहीं खरीदा, उसे लिया है किन्हीं जनरल दत्ता ने—रोहिताश्व दत्ता! वैसा सेट तो अब नहीं है बहनजी! पर आप बयाना दे जाएँ, तो हम दस दिन में मँगवा देंगे।" किन्तु बयाना देनेवाली फिर क्या उस धरणी पर खड़ी रह सकी थी? काँच के शो-केस को थामकर उसने काँपते पैर साधे, फिर हवा के झोंके-सी निकल गई।

ओफ, इतना बड़ा विश्वासघात और इस निर्लज्ज सौत की ऐसी स्पर्द्धा! उसी के पति के उपहार के माध्यम से क्या वह उसे ही अँगूठा दिखाने आई थी? सारी रात वह जल से निकली मछली-सी ही तड़पती रही थी, और फिर गृहस्थी के एकान्त का सुअवसर पाते ही चल दी थी उस मस्जिद की ओर, जिसका पता तीन वर्ष पूर्व, उसकी नीलम की अँगूठी खोने पर, उसकी आया ने बताया था, "आप पीली मस्ज़िद के मौलवी साहब के पास जाकर फाल खुलवाइए मेम साहब, दूध का दूध पानी का पानी न कर दें, तो मेरा नाम बशीरन नहीं। एक अण्डा कटवा देंगी सरकार, तो खून बलबलाते चोर हरामजादे को आपके कदमों में डाल देंगे।"

तब बशीरन को उसने एक धमक देकर भगा दिया था—मूर्ख, अपढ़ औरत! ऐसे पोंगा ज्योतिषी-नजूमियों पर उसका विश्वास नहीं था; किन्तु जब विपत्ति की गाज अपनी पूरी भयावनी शक्ति से किसी पर टूटता है, तब उसका पढ़ा-लिखा विवेक भी अपना तर्क-वितर्क भूल-बिसर, अपढ़, सरल मानव की

श्रेणी में उतर आता है। पता उसे एकदम कण्ठस्थ था, पीली मस्जिद के पीछे, नीमतले के मौलवी का पता, "आपको इत्ता-सा बच्चा भी बता देगा, मेमसाहब!" बशीरन ने कहा था, "फिर पूरा मोहल्ला चिकन का काम करता है। खटियों पर बैठी, कढ़ाई करती बीसियों औरतें आपको बड़ी दूर से दिख जाएँगी।"

चार-पाँच खटियों पर चिकन के कुर्तों पर झुकी औरतों की भीड़ देखकर वह तेजी से बढ़ गई थी। "यहाँ कोई मौलवी साहब रहते हैं?" उसने एक से पूछा।

"जी हाँ, जी हाँ, वो सामने नीमतले, जहाँ टाट का पर्दा लगा है, वहीं रहते हैं।" एक पल को, फिर उस अधेड़ औरत की, कुर्ते की जाली में घुसी हुई थमक रुक गई थी। "लगता है, मेम साहब की कोई चीज खो गई है। फाल खुलवाने आई होंगी..." उस फुसफुसाहट को सुनती सुपर्णा लटके फटे टाट के पर्दे के बाहर ही दुविधा में खड़ी रह गई। सहसा, पर्दे में बीचोबीच, बड़े कौशल से बनी मैजिक आई को उसने बड़े आश्चर्य से देखा, एक छोटा-सा बटन-काज बनाकर उस छिद्र को बड़ी सुघड़ता से नन्हे गवाक्ष का रूप दे दिया गया था। सुपर्णा ने गला खखारा और उसी का आभास पा एक बड़ी-सी आँख उस गवाक्ष से सट गई। दूसरे ही पल झाँकनेवाली बाहर आ गई। छींट के जीर्ण शलवार-कुर्ते में उस किशोरी का यौवन किसी अबाध्य मुश्कें बँधे दस्यु की भाँति मुक्त होने को छटपटा रहा था। स्वस्थ उजले दाँतों की सहज हँसी से उसका स्वागत कर, वह किशोरी बोली, "आइए, अब्बा से काम है ना?"

सहमकर, भीगे कच्चे फर्श से अपनी साड़ी का फॉल बचाती, सुपर्णा भीतर गई। कमरे में पैर रखते ही वह फिर ठिठक गई। ऐसा दारिद्र्य उसने पहले कभी नहीं देखा था। छिः-छिः, कहाँ आ गई थी वह! ऐसा ही विलक्षण भाग्यवक्ता था, तो क्या अब तक अपना भाग्य नहीं जाँच पाया? बैठनेवाले का गम्भीर आदेश सुनकर भी वह खड़ी रह गई।

"बैठिए!"

पर बैठती कहाँ? एक टूटे पलँग की झूलती मूँज धरणी का स्पर्श कर रही थी, उसमें बैठने का नहीं, केवल धँसने का ही प्रश्न उठ सकता था; दूसरे पलँग पर अनेक खुली पुस्तकों, चुरकुटों, कागजों से घिरा स्वयं जो रहस्यमय व्यक्ति बैठा था, उसे देखते ही वह सबकुछ भूल गई।

"बैठो बेटी!" इस बार उसने अपने पलँग के नीचे हाथ डालकर, एक

जीर्ण मोढ़ा खींचकर उसकी ओर ठेल दिया। कमरे में सिवाय फटी कथरियों, एल्यूमिनियम की धुएँ से काली पड़ी पतीलियों के और कुछ नहीं था।

"क्या कुछ खो गया है?" कैसा गुरुगम्भीर स्वर था! ठीक, जैसे पखावज पर चौताल बज रही हो! सुपर्णा ने असहाय, विवश दृष्टि से कोने में खड़ी उस लड़की को देखा, स्पष्ट था कि उसकी उपस्थिति में वह खोई वस्तु का विवरण देना नहीं चाहती।

"हबीबा बेटी, तुम जरा बाहर जाकर अपनी अम्मी के पास बैठो।"

हबीबा सिर झुकाकर बाहर चली गई।

"कुछ कीमती चीज खो गई है क्या?"

उससे कीमती और क्या चीज खो सकती थी!

"जी हाँ!" उसे फिर अपना ही स्वर अनचीन्हा लगा था।

"हूँ! किसी पर शक?"

"जी।"

"उसके बाप का नाम बता सकती हो?"

"जी—गुरुदित्ता मेहरा?"

एक पल को नीमतले मौलवी ने अपनी कोटरग्रस्त आँखें बन्द कीं, और उन्हीं मुँदी आँखों के सुअवसर का लाभ उठा, सुपर्णा ने उस रहस्यमय चेहरे को पहली बार ठीक से देखा। जीर्ण चिकन के कुर्ते पर झूलती अनेक समिरनियाँ, तावीज, एक काले डोरे में बँधी अनेक रंगीन गुरियों के बीच एक शुष्क काठ का टुकड़ा, उसी में गुँथी दन्त-खुदनी। गम्भीर, तेजस्वी चेहरे की आभा चेचक के दागों से मलिन नहीं हो पाई थी। एक स्थूल कलेवर की पुस्तक खोलकर, उसके सामने रख, मौलवी ने कहा, "आँखें बन्द कर इसमें अँगुली रखना और जिस पर शक है, उसका चेहरा बन्द आँखों में बाँधने की कोशिश करना। इंशाअल्लाह, हम अभी हुलिया बता देंगे!"

पर आँखें बन्द करने पर भी क्या वह उस चेहरे को कल्पना से खींच पा रही थी? जितनी ही बार वह उसे लाने की चेष्टा करती, उतनी ही बार उससे सटा रोहित का मुस्कराता चेहरा भी साथ-साथ चला आता। फिर बड़े यत्न से उसने उसी छवि के घेरे को फोकस में बाँधा, जो उसे पति का दिया नया सेट पहन ईर्ष्या-दग्ध करने उस दिन इठलाती चली आई थी।

"अँगुली हटा लो बेटी!"

चौंककर उसने हाथ खींच लिया। ओफ, कैसे कसकर दाबा था उसने,

जैसे वह फाल के निर्जीव अक्षर नहीं सौत की सजीव ग्रीवा हो!

"बेशक तुम्हारी बेशकीमती चीज चोरी गई है," बतानेवाले की दोनों आँखें बन्द थीं और वह जैसे किसी ट्रांस में झूम रहा था, "चोर बाहर का नहीं है—गोरा रंग, छरहरा बदन, बाल मर्दों की काट में छटे हैं, आँखें कंजी होंगी और हँसने पर बन्द हो जाती होंगी। चेहरा खूबसूरत होने पर भी कभी-कभी निहायत बदनुमा लगने लगता होगा। यह चोर पेशेवर चोर है।"

"बस करिए!" सुपर्णा एक प्रकार से चीख ही उठी थी—ओफ, कैसे जान गया यह सब?

"मुझे मेरी चीज मिलेगी या नहीं?"

उसके प्रश्न का प्रत्येक शब्द एक काँपती सिसकी बन गया था।

"मिलेगी, पर लेनेवाले को सजा दिए बिना यहाँ चीज नहीं मिलती, उसके लिए तुम्हें भी कुछ करना होगा। जब कर लोगी, तब लेनेवाली खूब बलबलाती खुद तुम्हारे दरवाजे पर चीज डाल जाएगी।"

नहीं-नहीं, इतनी नीच नहीं थी वह।

पर कहनेवाला कहे जा रहा था। अब वह ऐसे घुटने टेककर बैठा-बैठा झूमने लगा था, जैसे नमाज पढ़ रहा हो!

"एक चीज दूँगा, उसे ऐसी जगह में गाड़कर रख देना, जहाँ वह उसे कम से कम एक बार लाँघ ले; पर कोई उससे पहले उसे न लाँघे, समझी? अगर एक बार लाँघ गई तो इंशाअल्लाह, महीना बीतते-बीतते तुम अपनी चीज पा लोगी!"

"मैं यह नहीं चाहती कि किसी का बुरा हो..." वह स्वयं बड़बड़ाती जा रही थी।

"तब घर जाओ बेटी, वैसी ही दूसरी चीज खरीदकर उसका गम भुला दो।"

उन रहस्यमयी आँखों में व्यंग्य था या सहानुभूति? क्या उसने सचमुच ही उसकी खो गई सौभाग्यमणि की झलक देख ली थी? कैसे समझाए उसे! जो दुर्लभ वस्तु उसने खोई है, वह फिर दुबारा नहीं खरीदी जा सकती।

"ठीक है!" इस बार संयम की राख में चिनगारी-सी दबी प्रतिशोध की दहक, तीव्र ज्वाला बन लपलपा उठी, "आप दे दीजिए, मैं गाड़ दूँगी।"

फिर केवल दो रुपए बारह आने चुका, उस वारण्ट को बटुए में डालकर वह चली आई थी।

"बेटी, तुम्हारी चीज मिल जाए तो अपनी इस छोटी बहन का भी ख्याल करना," चलते-चलते मौलवी ने कहा था, "मैं आज तक न जाने कितनों के लिए खुदा से दुआ माँग, उनकी खोई चीजें उन्हें लौटा चुका हूँ, पर अपनी फाल अब तक नहीं खोल पाया। असल में नमक से ही नमक नहीं खाया जाता बेटी, अपने लिए कुछ माँग नहीं सकता। औलाद के नाम पर एक यही लड़की है। इसका रिश्ता हो चुका है। तोला-भर भी सोना कहीं से मिल जाए तो कपड़े तो खुदा जुटा ही देगा, इन्शाअल्लाह, तुम्हें तुम्हारी चीज मिलते देर नहीं लगेगी—चोर अभी घर ही में है।"

वह तेज कदमों से, बँगले की ओर, एक प्रकार से दौड़ लगाकर ही भागी थी। राज प्रायः उसी समय होटल से घर आती थी। जल्दी-जल्दी उसने अपने दरवाजे के बाहर ही दूब खोदकर वह कागज का नन्हा चुरकुट गाड़ दिया, और खिड़की के पास आनेवालों की प्रतीक्षा में खड़ी हुई तो कलेजा ऐसे धड़क रहा था, जैसे वह उसकी गर्दन खटकाने नंगा गँडासा लिए खड़ी हो! कहीं ऐसा न हो कि उससे पहले ही रोहित आ जाए! अपराधी तो वह भी था; पर वह आई, उसने लक्ष्मण रेखा को लाँघा और हँसकर उसे एक बड़ा-सा ब्राउन ठोंगा थमा दिया, "आज बहुत बढ़िया प्रौन बनी थी, तुझे मछली पसन्द है और रोहित को भी, इसी से यह देने चली आई, खाना वहीं खा लिया था—रोहित नहीं आए क्या?"

उसकी व्याकुल दृष्टि में अनुपस्थित प्रणयी के प्रति निर्लज्ज प्रेम की सहस्र तरंगें पछाड़ खा रही थीं। एक क्षण पूर्व सुपर्णा के अपराधी चित्त का उपालम्भ उन्हीं तरंगों में डूब गया। वह जान गई कि वह किसे प्रौन खिलाने इस तपती दुपहरिया में इतनी दूर चली आई है। उसी कृतज्ञता में पति को डुबो वह उससे कैसा प्रतिदान माँगेगी, यह भी उसे पता है, "मुझे अपनी कार में होटल तक छोड़ दोगे रोहित?" न जाने कितनी बार वह ऐसे ही लंच के बाद उसी की आँखों के सामने उसके मुँह के ग्रास को छीन रोहित नहीं आया। सुपर्णा अपने कमरे में चली गई और राज बच्चों के कमरे में जाकर सो गई।

चार बजे सुपर्णा नित्य एक प्याला चाय बनाकर पीती थी, वह उस दिन भी अपना प्याला लेकर अपने कमरे की ओर जा रही थी कि राज खड़ी हो गई, " 'सू', चाय बनी है क्या? एक प्याला मुझे भी पिला दे, बदन न जाने कैसा टूट रहा है!" सुपर्णा का प्याला काँप गया। सुबह का गम्भीर स्वर किसी सुदूर देवालय में गूँज रही घंटाध्वनि-सा ही कानों में गूँज गया, 'लाँघते ही चोर

बेचैन हो जाएगा बेटी!' उसने अपना प्याला उसे थमाकर कहा, "ले, तू पी ले, मैं अपने लिए दूसरा बना लूँगी।"

काश! उस दिन कोई साक्षी देख लेता कि जो प्याला वह स्वयं अपने होंठों से लगाने जा रही थी, वही उसने सौत को थमाया था, विष का प्याला नहीं।

कितनी सुन्दर लग रही थी कमबख्त! कटे बाल अर्द्धनग्न आकर्षक कन्धों पर सधे गुच्छों में झूल रहे थे; पतली कमर से नीचे उतरी नीली शिफौन की पारदर्शी नीलाभ आभा में सफेद सपाट पेट निरभ्र उज्ज्वल आकाश-सा चमक रहा था; उस पर नन्हीं घंटियों में टुनकती चाँदी की पतली करधनी, चौथ की चन्द्रिका-सी, रुपहली हँसिया के आकार में मुड़ी कितनी आकर्षक लग रही थी! न चाहने पर भी आँखें क्षीण कटि के उस किंकिणी जाल में उलझ जातीं और फिसलती चली जातीं। गजब की रुचि थी उसकी—अपने प्रत्येक आकर्षक गढ़-टीले पर वह जानबूझकर ही ऐसी छोटी-मोटी झण्डियाँ गाड़ देती थी कि उनका अस्तित्व विपक्षी को शत्रु का अभिमान चूर करने की चुनौती में निरन्तर ललकारता रहे! गले में लटका उसका अठनिया ताँबे का तावीज उस दिन भी दो उत्तुंग चट्टानों के बीच बह रही किसी क्षीण पहाड़ी नदी की ताम्रवर्णी धारा के ही अनोखे तेज से चमक रहा था, कानों में थी कुण्डलाकार चाँदी की बालियाँ—उसकी सज्जा के प्रत्येक प्रसाधन की सांकेतिक शक्ति ऐसी प्रबल थी कि देखनेवाले के मन में स्वयं रंग-बिरंगी कल्पनाएँ जग उठें! विवेकी से विवेकी पुरुष की नश्वरता, शौर्य, बल, सौष्ठव को वह अपनी अराल अँगुलियों में पिस्सू-सी मसल सकती थी। लगभग अनावृत्त उस सुडौल देहयष्टि में भी कौशल से बरबस बन्दी बनाए गए यौवन की विवश जकड़न निकट से देखने पर नहीं पहचानी जा सकती थी।

"मैं जा रही हूँ 'सू', आज वहीं रहूँगी।" उसने हाथ के तीक्ष्ण रंजित नखों को हवा में हिलाकर उससे विदा ली, तो सुपर्णा ने भी हाथ हिला दिया।

कैसी मूर्ख थी वह, पढ़ी-लिखी होकर भी वह उस मौलवी की बातों का विश्वास कर गई! हो सकता है, उसका बातूनी घाघ खानसामा ही मौलवी को जानता हो! राज और रोहित का प्रेम-प्रसंग क्या किसी से छिपा था? ऐसे कीलकों से शत्रु-कंटक दूर किया जा सकता, तो लोग क्यों जानबूझकर किराए के हत्यारे बुलवाते? उसी उधेड़बुन में उसकी आँखें लग गईं। बच्चे स्कूल से लौटे तो वह उन्हें लेकर सिनेमा दिखाने चली गई। थका-माँदा रोहित लौटा तो वह व्याकुल दृष्टि से किसे ढूँढ़ रहा है, वह समझ गई। प्रतिशोध की तीव्र दहन

फिर उसके चित्त को दग्ध कर गया। दोनों के बीच इधर बातचीत लगभग बन्द हो चुकी थी। जब से उसे प्रवंचक पति के उपहार का रहस्य पता लगा था, वह एकदम गुमसुम हो गई थी। रात को दोनों अगल-बगल लेटते तो वह दीवार की ओर मुँह फेर लेती। उस दिन भी वह मुँह फेरकर लेट गई। रोहित ने उठकर बत्ती बुझा दी। थोड़ी ही देर में पति के परितृप्त खर्राटों का स्वर सुन उसकी आँखें अभिमान के अश्रुओं से छलक उठीं। एक बार हाथ बढ़ाकर उसका स्पर्श भी तो नहीं किया उसने! पति की वह स्वस्थ क्षुधा कहाँ चली गई? 'सुपर्णा, आओ', कह वह जिस आवेगपूर्ण आह्वान से इतने वर्षों में भी उसके हृत्तन्त्री को झंकृत कर देता था, वह स्वर कहाँ खो गया? अपनी आँखों के सामने ही वह प्रतिक्षण अपने सौभाग्य को भस्मीभूत होते देख रही थी और हृदय का वही मौन क्रन्दन उसकी एक-एक साँस को दहकता अंगार बना रहा था। छप्पन व्यंजनों का थाल सजाए वह जिसकी प्रतीक्षा में स्वयं भूखी बैठी रहती थी, वह किस-किसकी जूठी पत्तलों की जूठन खाकर ऐसी परम परितृप्ति में डूबा बेखबर सो रहा था! उसकी आँखों के आँसू सूखे भी नहीं थे कि फोन की घंटी बजी। रोहित ने ही हड़बड़ाकर फोन उठाया। वह उदास मन से मुँह फेरे ऐसी लम्बी-लम्बी साँसें लेने लगी, जैसे गहरी नींद में बेखबर सो रही हो!

"हैलौ, हैलो—क्या? कब खराब हुई? मैं अभी आ रहा हूँ!"

"सुपर्णा!" अपनी पीठ पर पड़ा पति का वह हाथ उसे चाबुक-सा ही तिलमिला गया था—पूरे सप्ताह बाद पति के मुँह से सुने अपने नाम की खनक उसे बौरा गई, "राज के होटल से फोन आया है सुपर्णा, उसकी तबीयत अचानक खराब हो गई है। उन्हें शक है, फूड पौइजनिंग हो गया है। तुम चलोगी?"

सुपर्णा ने कुछ उत्तर नहीं दिया। शिलाखण्ड-सी वह उसी मुद्रा में पड़ी रही।

रोहित की कार चली गई तो वह खिड़की से देर तक देखती रही। हुआ कुछ भी नहीं होगा अभागी को! उन विदेशियों के साथ खूब चढ़ा ली होगी, यही खुमारी होगी। पहले भी तो एक-दो बार ऐसा हो चुका था। पर जब नौकरों की मदद से पति ने मूर्च्छिता राज को लाकर उसके पलँग पर लिटा दिया, तब वह काँप गई। "तुम लोग बाहर रहो, अभी एम्बुलैंस आ रही है।" उसने सब नौकरों को बाहर भेज दिया। उनके जाते ही उसने अपराधिनी-सी कोने में खड़ी पत्नी के दोनों कन्धे कसकर पकड़ लिए, "सुपर्णा, नाउ टेल मी

सुपर्णा, तुमने कहीं उसे कुछ खिला तो नहीं दिया—डॉक्टर के आने से पहले मुझे बता तो सुपर्णा! प्लीज...प्लीज...कन्फेस..."

सुपर्णा की आहत दृष्टि में अपने उस अविश्वासी सहचर के प्रति केवल घृणा थी—केवल तिरस्कार।

"इडियट!" उसने कहा, "आज इसने यहाँ खाना ही नहीं खाया, यह प्रौन लाई थी, मैंने उसे भी उठाकर फेंक दिया, इसका बस चलता तो शायद यह ही मुझे खिला देती! न, मैं इतनी नीच नहीं हूँ रोहित, यह एक प्याला चाय पीकर ही गई थी।"

"चाय किसने बनाई थी?" रोहित के स्वर का सन्देह बड़ी नंगाई से उसकी आँखों के खून में उतर आया।

"मैंने।" इस बार सुपर्णा की हँसी किसी फिल्मी खलनायिका-सी ही वीभत्स लग उठी—"तुम क्या सोच रहे हो, मैंने तुम्हारी प्राण-वल्लभा को जहर दिया है, क्यों? तब जाओ, शौक से इसकी शव-परीक्षा करवाकर देख लो, मैं भी जान लूँ कि कौन-सा जहर दिया है मैंने—आर्सेनिक, साइनाइड, अफीम, या..."

"चुप करो!" रोहित ने अपनी चौड़ी हथेली से उसके उत्तेजित स्वर का गला घोंट दिया, "पागल हो गई हो क्या? सब हरामखोर अर्दली दीवार से कान लगाए सुन रहे होंगे।" फिर वह सुपर्णा को वैसे ही छोड़ मूर्च्छिता प्रेयसी के सिरहाने खड़ा हो गया।

"राज, राज!" आवेश और सम्भावित वियोग की आशंका ने उसके अधीर स्वर को सहसा रुआँसा बना दिया, "राज! राज!!"

मृत्यु-पथ की ओर तेजी से बढ़ रही प्रेमिका को उसका आर्त्त करुण स्वर जैसे हाथ पकड़कर पीछे खींच रहा था।

"राज!"

किन्तु उस निर्विकार निष्प्राण चेहरे पर अब जीवन का कोई भी चिह्न नहीं था, केवल ऊर्ध्व श्वास का तीव्र वेग प्रतिपल द्विगुणित होकर तीव्र जलधार में डगमगाती तरुणी की विवशता से उसकी देह को कँपा रहा था। जितनी बार वह कोने में खड़ी सुपर्णा की ओर देखता, उतनी ही बार उसकी आँखों में सन्देह-मिश्रित घृणा की लौ दप से जल उठती। डॉक्टर के आते ही राज के गले की घरघराहट थरथराते अधरों पर फिसल आई।

डॉक्टर रोहित के क्लब का साथी था। "इनके पति को खबर दे दी है

आपने?" उसने रोहित से पूछा।

"खबर दे ही नहीं पा रहे हैं, पता नहीं कहाँ हैं? सुना था, हौंगकौंग गए हैं। क्यों, क्या हालत इतनी खराब है डॉक्टर?"

"हालत?" डॉक्टर ने उसे आश्चर्य से देखा, "देखा जाए तो इनकी क्लिनिकल डेथ हो चुकी है। हो सकता है, रात-भर खींच लें...अस्पताल ले जाना बेकार है। है तो फूड-पौइजनिंग ही। मिस्टर पुरी तो कह रहे थे..."

रोहित बीच-बीच में सुपर्णा की ओर देखता जा रहा था, "वही खाना इनके चीनी अतिथियों ने भी खाया, उन्हें तो कुछ नहीं हुआ..."

"अजी, उन्हें क्या होगा?" डॉक्टर ने कहा, "साँप, मेढक, केंचुआ पचाने वाले हाजमे को भला क्या हो सकता है! पर हमारा भारतीय हाजमा आमतौर पर संस्कारी होता है—ये इसी से नहीं पचा पाईं..."

पौ फटने से कुछ पहले ही फिर राज के गले की घर्र-घर्र अचानक बन्द हो गई। उसके बाद के अध्याय सुपर्णा के जीवन के अविस्मरणीय अध्याय बनकर रह गए। गर्मी के दिन थे, बाहर तप्त लू के झोंके चल रहे थे। ऐसी गर्मी में मृतदेह हिमखंड में दाबकर भी रख दी जाती, तब भी शायद एक दिन से अधिक सुरक्षित नहीं रखी जा सकती थी। वेद से सम्पर्क किए जाने की रोहित की प्रत्येक चेष्टा विफल होती चली गई। हारकर उसी ने दाह-संस्कार किया। एक ही दिन में उसका सुदर्शन चेहरा चिताग्नि से झुलसकर स्याह पड़ गया था। रात को सुपर्णा हृदय का समस्त उपालम्भ ताक पर धर खिड़की पर विक्षिप्त-से खड़े पति का हाथ पकड़कर खड़ी हो गई, "मैं तुम्हारे सर की सौगन्ध खाकर कहती हूँ, रोहित, मैं निर्दोष हूँ।"

उसका हाथ एक झटके से झटक रोहित ने उसे ऐसे वेग से ढकेल दिया कि पलँग का पाया न थाम लेती तो शायद भरभराकर जमीन पर औंधी गिर जाती।

दूसरे दिन रोहित ने अनेक मित्रों की सहायता से वेद का पता लगाया। हौंगकौंग से वह तीसरे दिन आ पाया और कार से उतरते ही मूर्च्छित होकर गिर गया। बच्चों को सुपर्णा पहले ही ननिहाल भेज चुकी थी, शायद वह स्वयं भी चली जाती, किन्तु पति के व्यर्थ सन्देह ने उसे रोक लिया था। उसके पलायन का कहीं वह शक्की व्यक्ति दूसरा अर्थ न लगा ले! वेद के आने के बाद वह चेष्टा करने पर भी अपना स्वगत भाषण नहीं रोक पा रही थी। बच्चों की नर्सरी में अब उसका एकछत्र राज्य था। जहाँ अवसर पाती, वहीं किसी

कुर्सी में कुछए-सी मुंडी छिपाकर दुबक जाती और बड़बड़ाने लगती, "मैं रोहित और दोनों बच्चों की सौगन्ध खाकर कहती हूँ—मैंने उस हरामजादी को कुछ नहीं खिलाया...पढ़ी-लिखी होकर भी क्या मैं इतनी मूर्ख हूँ कि नजूमी-ज्योतिषियों की बात का विश्वास करूँ? क्यों...है ना ठीक? ऐसा कभी हो सकता है...सकता है...सक...सक..." फिर बुरी तरह हकलाती वह पसीने से नहा उठी। वेद दो दिन रहा और उन दो दिनों में केवल औपचारिक 'हाँ-ना' के सुपर्णा और उनके बीच कोई बात नहीं हुई। चलने से कुछ पहले वह सुपर्णा से कहने लगा था, "उसकी सब चीजें गरीबों को बाँट देना सुपर्णा...मैं कुछ नहीं ले जाऊँगा।" खुरदरे गालों पर बह रहे उन आँसुओं में असली मोतियों की ही दमक थी। राज का यह वीतराग गैंडा उसका सबकुछ मुक्तहस्त से दान कर जाने लगा तो सुपर्णा ने ही जबर्दस्ती उसकी जेब में राज की हीरे की अँगूठी, सोने की चेन ठूँस दी थी। अधिकतर वह नकली कौस्ट्यूम ज्युएलरी ही पहनती थी, उसे ले जाकर वह करता भी क्या! उसके असली गहनों का एकमात्र सेट सुपर्णा ने उसकी मृत्यु के दिन ही अपनी स्टील की अलमारी में सहेज दिया था। जानबूझकर ही उसने वह सेट वेद को नहीं दिया, देती भी क्यों? उस पर उसका अधिकार भी क्या था! रोहित के उस उपहार की अब वही वास्तविक अधिकारिणी थी। देखते ही देखते राज की तेरहवीं भी हो गई। रोहित ने इन तेरह दिनों में उसकी ओर आँख उठाकर भी नहीं देखा था। घर आता और फौजी कदम रखता, फिर दिन-भर के लिए निकल जाता। साहब और मेमसाहब की शीतयुद्ध की दबे स्वरों की आलोचना अब सर्पिणी-सी रेंगती छावनी के एक-एक बँगले में पहुँच गई थी। दिनभर फड़कती कनपटी को दबाकर वह लेटी रही। फिर सन्ध्या को विदग्ध हृदय का एक सहृदय सुझाव उसे स्वयं सहला गया। एक बार उसका स्वगत भाषण फिर मुखरित हुआ, "पति के पाप का प्रायश्चित अब मुझे ही करना होगा, तब ही शायद मेरे अन्दर में उठ रहा यह घृणा का चिन्तादाह शान्त होगा।"

बहुत दिनों बाद वह दर्पण के सम्मुख खड़ी हुई। प्रबल झंझावात के पश्चात् निर्वात् उज्ज्वल आकाश-सा ही उज्ज्वल चेहरा सहसा स्निग्ध हो उठा। बाल ठीक किए, साड़ी बदली, फिर सेफ खोल मखमली केस को उसने बड़े यत्न से बटुए में रख लिया। धीरे से द्वार खोल वह चुपचाप बाहर निकल गई। नीमतले की पीली मस्जिद के गोल गुम्बदों पर डूबते सूर्य की म्लान आभा उतर आई थी। चिकन के कुर्ते काढ़नेवाली भीड़ कच्चे फर्श पर पानी का छिड़काव कर

रही थी, फटे टाट के गवाक्ष से उसने उसी विस्फारित मुग्ध दृष्टि ने देखा, "अब्बा, वही मेमसाहब आई हैं, जो उस दिन आई थीं..." वह भीतर गई। आज भी उन्हीं जीर्ण ग्रन्थों से वैसे ही घिरा उसका मुक्तिदाता आँखें मूँदे तपस्वी-सा बैठा था।

"आओ बेटी, बैठो! कहो, चीज मिल गई?"

"जी, पर आपने सजा बहुत कड़ी दे दी..."

"सजा हम नहीं देते बेटा, परवरदिगार देता है। जो जैसा करता है, वैसा भरता है—न कम न ज्यादा..."

"ये लीजिए," उसने केस निकालकर बूढ़े के हाथों में रख दिया, "जब आपकी बेटी की शादी हो, मेरी ओर से उसे पहना दें..."

वार्द्धक्य से काँपते उन दुर्बल हाथों में डिब्बा निरन्तर काँप रहा था। झुककर सुपर्णा ने डिब्बा खोल दिया और म्लान सन्ध्या के साथ ही कमरे में उतर आए असमय के अन्धकार में नौरत्न का वह जयपुरी सेट द्विगुणित वैभव से चमक उठा। खुल रहे डिब्बे का कुतूहल माँ-बेटी दोनों को ही खींच लाया था।

"या अल्लाह!" हबीबा की अम्मा का सिकुड़ा चेहरा एकाएक उद्भासित हो उठा, "ऐसे गहने तो अवध की बेगमों को ही नसीब होते थे बिन्नो!"

मौलवी का गला भर्रा गया, "अल्लाह तुम्हें बहुत दे बेटी, बनी रहो—या मेरे मालिक! किस कदर कीमती चीज खोई होगी तुम्हारी, जिसके मिलने पर तुम यह दौलत लुटा गईं!"

बिना कुछ कहे सुपर्णा आँसुओं के वेग को रोकती तीर-सी बाहर निकल गई।

उन तीन दरिद्र चेहरों का मन में न समा सकनेवाला आह्लाद उसे एक क्षण को बाँहों में उठाकर हवा में नचा गया, पर उसी क्षण उसे एक चौथे चेहरे की स्मृति ने फिर धरा पर पटक दिया। उसे लगा, प्रवास के किसी जनशून्य अरण्य में भटक रहा राज का घायल गैंडा अपनी आहत दृष्टि से उसे देख रहा है—पहले उसके होंठ काँप रहे हैं, फिर आकारहीन चिबुक, फिर परस्पर जुड़ी अनाकर्षक घनी भौंहें और फिर वह निष्कपट बदनुमा चेहरा रुदन की सहस्र विकृत झुर्रियों में एकदम सिकुड़ गया है।

बदला

इसी गृह की एक महीने पहले कैसी अद्भुत शोभा थी। एक ही महीने में जैसे वही गृह श्रीहीन हो गया था। गृह के द्वार पर बड़ा ताला लटका था। यद्यपि संगीनधारी प्रहरी अभी भी वैसे ही खड़े थे। द्वार के शीशों में लगे गृह के नवीनतम सज्जा के समस्त उपकरण वैसे ही धरे थे। बाग में बन्दगोभी-से गुलाब अभी भी हवा में झूम रहे थे। झूमते भी क्यों नहीं—सम्पन्न-समृद्ध गृहस्वामी ने एक-एक गुलाब की कलम के लिए सैकड़ों रुपए लुटाकर धर दिए थे। हर महीने रहमान कसाई ताजे जिबह किए बकरों के लाल गाढ़े रक्त से हर गुलाब की जड़ सींच जाता था। क्राटेन की पुष्ट शाखाओं की गलबहियाँ देती रक्तजवा, चन्द्रमल्लिका, गन्धराज। दूर-दूर तक सुवास की पिचकारियाँ छोड़ती बेला, जुही, और बाग के बीचोबीच खड़ी संथाल वंशीवादक की दर्शनीय मूर्ति, जिसे बनवाने में त्रिभुवननाथ को जेब से कुछ नहीं देना पड़ता था—एक बदनाम मूर्तिकार को उन्होंने कभी बेदाग बचा लिया था, वही कृतज्ञता का स्तम्भ नित्य उनके फौव्वारे की रसधार से स्वयं भी सिक्त होता और देखने वालों को भी रससिक्त करता रहता था।

त्रिभुवननाथ कौल को विधाता ने व्यक्तित्व भी कोठी-से मेल खाता दिया था—ऊँचा-अगला वह रौबदार अफसर, पुलिस के महकमे की ठसक को पूर्णरूप से सार्थक करता था। कभी-कभी वह स्वयं ही अपनी नवीन बिरादरी की हँसी उड़ाने लगता, "जैसे अब खूबसूरती दुनिया से लगभग उठ ही गई है, ऐसे ही रौब-ठसका भी उठ गया है। इसी से तो अब ला एण्ड आर्डर को पुलिस की लाल पगड़ी का भय नहीं रह गया। पगड़ी तो अब भी वही है, पर उसे बाँधने वाले सिर कहाँ रह गए हैं? न वर्दी पहनने का ढंग, न ढंग की कद-काठी। बौने-बछड़े सब आकर पुलिस में भर्ती होने लगे हैं।" सचमुच त्रिभुवननाथ का

रौब ऐसा था कि बड़े-से-बड़े घाघ नेता भी उनसे सिफारिश करने में घबराते थे। भगवान ने भी उन्हें सबकुछ दिया था। सुन्दरी-वामांगी, प्रभावशाली उच्चपदस्थ ससुर, जो अवकाश-प्राप्ति के बाद भी प्रत्येक विवेकशील अफसर की भाँति मृत्युपर्यन्त एक संस्थान के चेयरमैन बने रहे। किन्तु विधाता की यह अकृपणता, त्रिभुवननाथ को पुत्र-सन्तान देने में अँगूठा दिखा गई थी। उनकी माँ उन्हें दिलासा देतीं, "अच्छा ही हुआ, जो बेटा नहीं हुआ। सभी कुछ तो दे दिया भगवान ने, बेटा भी हो जाता तो अपनों ही की नजर तुझे खा लेती बेटा।" वयस के तीसवें वर्ष त्रिभुवननाथ को पुत्री की प्राप्ति हुई थी, वह भी अपूर्व रूपसी पुत्री। लगता था, कोई शापभ्रष्ट गन्धर्व कन्या ही पृथ्वी पर अवतरित हुई है। त्रिभुवननाथ की पत्नी रामेश्वरी भी पिता की इकलौती सन्तान थी, पिता की आकस्मिक मृत्यु के पश्चात् माँ भी उसी के साथ रहने लगी थीं। पितृगृह के वैभव की धारा भी अब माँ के साथ-साथ, उसी के गृहोदधि में एकाकार हो गई। नाना ने ही पुत्री का नाम धरा था—रत्ना।

"त्रिभुवननाथ, विधाता ने तुम्हें रत्न दिया है," उन्होंने दामाद से कहा था, "इसे सहेजकर रखना।"

पर कहाँ सहेज पाए बेचारे त्रिभुवननाथ। शिक्षा के लिए त्रिभुवननाथ ने उसे नैनीताल भेज दिया था। माँ और दादी-नानी का दुलार लड़की को आवश्यकता से अधिक उद्धत बना रहा था। यहीं पर भूल की थी उन्होंने। जर्मन नन्स की पिलाई गई घुट्टी से नानी-दादी की पिलाई गई घुट्टी उसके भविष्य के लिए अधिक हितकर होती—कम-से-कम ऐसी संस्कारहीनता नहीं आ पाती उसमें।

स्कूल की पढ़ाई पूरी करते ही रत्ना ने जिद पकड़ ली थी कि वह दिल्ली जाएगी—उसके साथ ही सब लड़कियाँ दिल्ली जा रही हैं। त्रिभुवननाथ नहीं चाहते थे कि वह दिल्ली जाए, पर वह नहीं मानी। वहाँ से पढ़ाई पूरी कर लौटी तो त्रिभुवननाथ ने देखा, लड़की के पर निकल आए हैं और संसार की कोई भी शक्ति अब उसे शून्य गगनांगन में स्वच्छन्द उड़ान भरने से नहीं रोक सकती। वह अब एक नई ही बचकानी जिद पकड़ बैठी थी—उसकी कोई सहेली, नृत्य सीखने कलाक्षेत्रम् जा रही थी—वह भी जाएगी! त्रिभुवननाथ ने लाख समझाया, "देखो बेटी, किसी भी प्रसिद्ध-से-प्रसिद्ध नृत्यांगना को ले लो। उसका पारिवारिक जीवन कभी सुखी नहीं रहता। ऐसी तीन प्रख्यात नृत्यांगनाओं को मैं जानता हूँ। तुम भी उनसे मिल चुकी हो। भले ही राजधानी

में नृत्यमंच से लेकर भारत के प्राचीन मन्दिरों के खँडहरों में नाच-नाचकर देश-विदेश में प्रचुर ख्याति बटोर चुके हैं पर भीतर की हमसे पूछो, दो तो पतियों से विलग हो चुकी हैं, तीसरी की दुर्दशा तुमसे भी छिपी नहीं है—अब दिन-रात पी-पीकर गम गलत कर रही हैं। पहले भारत में आए किसी भी विदेशी वी.आई.पी. की भारत यात्रा उसका नृत्य देखे बिना सम्पूर्ण नहीं होती थी, अब उसी पर मक्खियाँ भिनक रही हैं, ठुड्डी से लेकर पेट तक, थ्री टियर मांस की परतें झूल रही हैं, कभी किसी की उपपत्नी बनी डोलती हैं, कभी किसी की। हाँ, तुम गाना सीखने की बात कहो, तो मैं अब भी समझ सकता हूँ। वृद्धावस्था में भी कण्ठ की ख्याति मलिन नहीं होती।''

''नहीं, मैं नाच ही सीखूँगी और वह भी किसी ऐरे-गैरे नत्थू-खैरे से नहीं, कलाक्षेत्रम् ही जाऊँगी।''

''बेटी, उतनी दूर मैं तुम्हें कैसे जाने दे सकता हूँ?'' जमाना बहुत खराब है। दिन-रात ऐसे बीसियों केस मेरे पास आते रहते हैं, जहाँ चलती ट्रेन में...''

''ओह डैडी, कम आन—मैं अब बच्ची नहीं हूँ।''

और वह नाच सीखने कलाक्षेत्रम् चली ही गई। जहाँ न माँ, दादी-नानी की स्नेहसिक्त दृष्टि का घेरा था, न कठोर पिता के अनुशासन के अंकुश से दिन-रात कोंचे जाने का भय। फिर तीन वर्षों तक वह बहुत कम घर आ पाई थी। अक्सर कलाक्षेत्रम् के सांस्कृतिक दल के साथ यहाँ-वहाँ आती-जाती रही।

जब अपनी नृत्य-शिक्षा पूरी कर घर लौटी तो उसका आत्मविश्वास उसे जैसे और भी दबंग बना गया था। एक बात और भी थी, बचपन से ही उसने अपने दुर्धर्ष पिता द्वारा सरल-निरीह जननी को निरन्तर दबाया जाना ही देखा था। पानी का गिलास भी उठाना होता तो त्रिभुवननाथ पत्नी ही को हाँक लगाते। यह ठीक था कि पिता की तुलना में माँ का व्यक्तित्व बहुत दुर्बल था। पिता लम्बे-चौड़े सुदर्शन व्यक्ति थे। माँ दुबली-पतली, बूटे कद की, देखने में साधारण, अल्पभाषिणी-मृदुभाषिणी, ठेठ भारतीय पत्नी थी। उसने माँ को कभी जोर से बोलते भी नहीं सुना था। बेचारी जीवन-भर दबती ही रही, पहले सास से, फिर पति से। पिता के अन्याय को, अपनी नियति की देन मानकर चलनेवाली, अपनी उसी सरल जननी की निरीहता ही ने शायद पुत्री को ऐसी उग्र तेजस्विनी बना दिया था। पिता के प्रत्येक हितैषी प्रस्ताव को भी पाँवों तले निर्ममता से कुचलने में रत्ना को एक विशेष प्रकार की आत्मतुष्टि का

अनुभव होने लगा था। वह जानती थी कि राजधानी में उसके मंच पर अवतरित होने के समाचार से त्रिभुवननाथ प्रसन्न नहीं हुए थे। उसे तो आशा भी नहीं थी कि अन्त तक त्रिभुवननाथ उसके कार्यक्रम में आ भी पाएँगे, निश्चय ही एक-न-एक बहाना बनाकर उस दिन शायद शहर से ही चले जाएँ। किन्तु वे आए, पर जननी, सास एवं पत्नी के साथ दर्शकों की पंक्ति में बैठे त्रिभुवननाथ की मुखमुद्रा अन्त तक कठोर ही बनी रही। पत्नी कनखियों से पति की प्रतिक्रिया देखने की चेष्टा कर रही थी, पर एक भी गर्व की रेखा वह बेचारी नहीं ढूँढ़ पाई। एक-दो बार तो उसे लगा, पति का चेहरा गुस्से से तमतमा उठा है। रत्ना आत्मविभोर होकर नाच रही थी, भौंहों को खींच, बार-बार कटाक्ष निक्षेपण करती, विलासपूर्ण चकरघिन्नियाँ खाती, विचित्र रूप से शारीरिक चेष्टाओं का प्रदर्शन करती, दक्ष फिरकियों में लट्टू-सी घूमती दुहिता के नृत्यकौशल को त्रिभुवननाथ सहन नहीं कर पा रहे थे। अन्त में मृत्तिकाघट सिर पर रख वह काँसे की थाली पर नाचती-थिरकती कुछ क्षणों को जैसे मंच पर रहकर भी तिरोहित हो गई थी। कैसी अद्‌भुत कला-प्रवीणता थी! लग रहा था, वह क्षण-भर में व्याप्त होकर क्षण-भर में छोटी बनी जा रही, कभी निकट, कभी दूर, कभी आकाश में उछलकर सुनहला बिन्दु बनकर खो जा रही थी और कभी चक्रनृत्य में उसकी सुराहीदार ग्रीवा ही जैसे धड़ से विलग होकर दाएँ-बाएँ घूम रही थी। उन्मत्त भाव से नृत्यरता पुत्री की सुकुमार छवि सहसा उन्हें क्यों ज्वलन्त अग्निशलाका से दग्ध कर रही थी? किसकी विस्मृत छवि उन्हें बार-बार अतीत की ओर खींच रही थी? सहसा उन्होंने सहमकर मुँह फेर लिया।

वह बेसुध होकर नाचती रही, नृत्यरत गौर, आलतारंजित चरल युगल, जैसे मंच पर होकर भी नहीं थे। उसके आघूर्णन वेग से तरंगित, कटि की करधनी छन-छनकर इस प्रकार भ्रमित हो रही थी, मानो किसी पहाड़ी देवालय में पतली रस्सी से बँधी नन्ही-नन्ही घंटियाँ वात्याचक्र से उद्वेलित हो टुनटुना रही हों। उद्दाम नृत्यवेग से रक्ताभ झीना उत्तरीय रह-रहकर उड़ा जा रहा था, आगे लटकी पुष्प-भार से नमित दीर्घ वेणी प्रतिक्षण क्रुद्ध नागिन-सी उद्धत कंचुकीपट पर पछाड़ें ले रही थी। बार-बार नृत्य-वेग से ऊपर-नीचे गिरता सुडौल उभार किसी मन्दिर के शीर्ष पर धरे अधोमुख स्वर्ण घटों की भाँति उतनी ही बार काँप रहा था, जितनी बार उस क्षीण कटि प्रान्त को उसके नृत्य-विलास की झंकार झकझोर रही थी।

दर्शकों में बैठे अपने अवकाश-प्राप्त अफसर सक्सेना को त्रिभुवननाथ ने देख लिया था। उन्हें लगा, आज उसके सामने पुत्री का नृत्य उन्हें धरातल में खींचता जा रहा है। यह उनके आभिजात्य की, उनके ठसके की सबसे बड़ी पराजय थी। एक पल को लगा, हरामखोर सक्सेना उन्हें देख मूँछों-ही-मूँछों में मुस्करा रहा है। सक्सेना की दुष्कीर्ति भला किससे छिपी थी! ठीक वैसे ही, जैसे स्वयं त्रिभुवननाथ का अतीत भी सक्सेना की कुटिल दृष्टि से कभी छिपा नहीं रहा। दोनों नहले पर दहला थे। आज उसी के सामने पुत्री का नृत्य, स्वयं उनके अहं की पराजय थी। रूप, वर्ण, आभिजात्य विलासिता, लावण्य और लास्य की साकार व्याख्या बनी उसकी बेहया बेटी क्या सक्सेना जैसे नारीलोलुप व्यक्तियों का मनोरंजन नहीं कर रही थी? उसे लगा, जैसे दूर बैठा सक्सेना सहसा उसके कानों में फुसफुसा रहा है, 'क्यों, क्या अन्तर है इसके और बेनजीर के नृत्य में? वह यदि मुजरा था, तो यह क्या है? इसी नाच ने तो बेचारी बेनजीर के चेहरे को वीभत्स बना दिया था, आज उसे वीभत्स बनाने वाले तुम्हारे बाप की इज्जत कहाँ गई?'

एक झटके से त्रिभुवननाथ उठकर बाहर चले गए। उन्हें लगा, जैसे वे स्त्री के शरीर का व्यापार करनेवाले लम्पटों के किसी कुख्यात अड्डे पर छापा मारने आए हैं और कामातुर अपराधियों को उन्होंने रँगे हाथों पकड़ लिया है। दूसरे दिन अखबारों में पुत्री के नृत्य की कलमतोड़ प्रशंसा छपी, दिन-भर बधाई के फोन की घंटी घनघनाती रही। एक प्रमुख अखबार ने मुखपृष्ठ पर ही रत्ना की दर्शनीय तस्वीर छापकर लिखा था—साक्षात् उर्वशी का धरा पर अवतरण। नानी ने नजर उतारी, दादी ने अपने विवाह की आरसी मुँदरी निकालकर उसे पहना दी। रामेश्वरी ने बार-बार बेटी को छाती से लगाया। किन्तु कठोर प्रशंसाकृपण पिता काठ की मूरत बना रहा। जान-बूझकर ही त्रिभुवननाथ किसी लम्बे दौरे का बहाना बनाकर निकल गए। बेचारे क्या जानते थे कि अपने गृहदाह का अन्तिम महत्त्वपूर्ण परिच्छेद तो उन्हें लौटकर पढ़ना है।

रात को देर तक स्टडी में बैठ फाइल निबटाना उनका नित्य का नियम है। इधर लम्बे दौर के बाद फाइलों का स्तूप जमा हो गया था। पहले भी उन्हें देर तक पढ़ने की आदत थी। कभी-कभी रात के बारह भी बज जाते। सोने के कमरे में आते तो प्रायः ही रामेश्वरी गहरी नींद में डूबी मिलती। कभी-कभी उसका सुकुमार-निष्पाप चेहरा देख उन्हें पश्चात्ताप भी होता। बेचारी! कितना

कम समय मिलता है उन्हें उसके लिए, जिसने दुख-दुख में निरन्तर उसकी छायानुगामी बन पूरे तीस वर्ष गुजार दिए थे। न कभी कोई उपालम्भ, न कभी कोई याचना—फिर उनके अतीत की वह दुखती रग क्या उसकी पकड़ में नहीं आई थी! पति के उस अविवेकी आचरण को भी उसने माफ कर दिया था। यही नहीं, सास की कैसी सेवा कर रही थी वह! माँ के दबंग स्वभाव को त्रिभुवननाथ जानते थे। वे स्वयं माँ की इकलौती सन्तान थे, इसी से अधेड़ होने पर भी माँ उन्हें अब तक बँदरिया के बच्चे की भाँति छाती से चिपकाए फिरती थी। अभी तक वे माँ के लिए नन्हे ही बने रह गए थे।

"इकलौती बहू होना कोई हँसी-खेल नहीं होता बेटी, समझ-बूझकर सब सहती रहना, यही समझ लेना कि बुढ़ापे तक तू सास के लिए डोली से उतरी नवेली ही बनी रहेगी।" रामेश्वरी विदा में मिली माँ की सीख को अब तक गाँठ में बाँधकर चलती रही थी, इसी से शायद कभी ठोकर नहीं खाई। सास के लाड़-दुलार का भी अन्त नहीं था और शासन के कठोर थपेड़ों का भी—'कहाँ जा रही हो बहू? नन्हे अभी तक नहीं आया?—कब तक लौटेगा? देर मत करना—क्या बन रहा है? आज मेथी की गोली बनेगी, आज सालन बनेगा—नहीं, सालन नहीं बनेगा आज—इतना दूध लेने की क्या जरूरत है?' आदि-आदि अनेक अवांछित आदेशों के अंकुश झेलते-झेलते वह अब अभ्यस्त हो चुकी थी। वह जान गई थी कि पति के राज्य में उसकी अपनी इच्छा और अनिच्छा का कभी प्रश्न ही नहीं उठ सकता।

जीवन-संध्या प्रौढ़ हो चली थी और वह अब भी नवेली बहू बनी रह गई थी। उस रात को जब त्रिभुवननाथ कमरे में सोने आए तो देखा, रामेश्वरी कुर्सी पर बैठी है।

"अरे, तुम अभी तक जग रही हो—सोई नहीं क्या?"

रामेश्वरी कुछ भी नहीं बोली, अपनी सहमी-छलछलाई आँखें उसने पति के चिन्तातुर चेहरे पर निबद्ध कर दीं। "रत्ना..." कहते ही रामेश्वरी का गला रुँध गया।

"क्या हुआ रत्ना को?" इधर पिता-पुत्री के बीच मुँहबोध हाँ-ना तक ही सीमित थीं पर पुत्री त्रिभुवननाथ के कलेजे का टुकड़ा थी। उसे हरारत भी होती तो वे भी बौरा जाते।

"रत्ना कहती है, वह अपने मन की शादी करना चाहती है, उसने अपने लिए लड़का देख लिया है।"

"कौन है वह?" पत्नी पर बड़े लाड़ से झुके त्रिभुवननाथ सहसा शंकित मुद्रा में सतर होकर खड़े हो गए। जैसे भावी जामाता का नाम सुनने से पहले ही वे जान गए थे कि लड़का जो भी हो, पुत्री का चुनाव कभी सही नहीं हो सकता।

"उसी के साथ कलाक्षेत्रम् में नाच सीखता था, कोई अरुण मल्होत्रा। अब फिल्म इंस्टिट्यूट में चला गया है।"

त्रिभुवननाथ का चेहरा तमतमा उठा, लग रहा था पुलिस का अदृश्य बैटन उछलकर उनके हाथ में आ गया है।

"कैसी बातें कर रही हो रामू! एक तो नचनिया, उस पर फिल्मी हीरो। करेला, वह भी नीम चढ़ा। मैं यह कभी नहीं होने दूँगा।" वे पिंजरे में सद्यः बन्दी बनाए गए वन्य नरभक्षी शेर की ही भाँति गरजते चक्कर काटने लगे।

भयभीत रामेश्वरी की जीभ तालू से सट गई।

बड़बड़ाते जा रहे थे वे, "एक तो नाचनेवाले मर्दों से मुझे सख्त नफरत है, निश्चय ही कन्धे तक अयाल फटकारे, होंठ-गालों पर रंग पोते, छाती में काठ की गेंदें लगानेवाला कोई जनखा-सा छोकरा होगा। फिर हमारा खानदान! जरा सोचो रामू, तुम्हारे पापा आई.जी., मेरे डैडी आई.जी., स्वयं मैं...नहीं, यह कभी नहीं हो सकता। मैं छोकरी को जिन्दा गाड़ देना पसन्द करूँगा, बनिस्बत इससे कि वह गले में ढोल बाँधकर भाँड-मिरासी के पीछे-पीछे भागे।"

बड़े साहस से रामेश्वरी ने पुत्री का पक्ष लेने की चेष्टा की, "कैसी बातें कर रहे हैं, अब क्या आपका-हमारा जमाना रह गया है कि जहाँ माँ-बाप ने बांधा, वहीं बंध गए। वह तो गनीमत समझिए कि लड़की ने कम-से-कम हिन्दू लड़का तो छाँटा, अपने उन आई.जी. को ही लीजिए—लड़का मुसलमान बहू ले आया तो क्या कर लिया उन्होंने?"

"चुप रहो!" गरजने में जैसे त्रिभुवननाथ के फेफड़े बाहर निकल आए, "तुमने और तुम्हारी माँ के ही दुलार ने लड़की का सिर फिराया है, अभी ही तो फूफी का खत आया है, उन्होंने तीन-तीन लड़कों का पता भेजा है, तीनों पुलिस महकमे के आला अफसर और तीनों कश्मीरी। समझाओ उसे रामेश्वरी, यहाँ उसकी शादी मैं हरगिज नहीं होने दूँगा।"

"मैंने उसे बहुत समझाया, पर तुम तो अपनी बेटी को जानते हो, उसे जिद चढ़ गई तो चढ़ गई। कहती है, लड़का बड़ा नेक है।"

"मैं कुछ नहीं सुनना चाहता—तुम्हें ही उसे समझाना होगा। तुम तो जानती हो, मेरे समझाने के तौर-तरीके और हैं। तुम्हारे समझाने से नहीं समझी, तो फिर मुझे वही करना पड़ेगा।"

रामेश्वरी काँप उठी—क्या करना पड़ेगा पति को? उनके स्वभाव को वह जानती थी, क्रोध आने पर वह उन्मत्त वृषभ की भाँति, जिसे चाहे उसे सींगों पर धर पटक सकते थे।

उस दिन पूरे घर में कोहराम मच गया था। बुद्धिमती रामेश्वरी ने जान-बूझकर ही अर्दली-नौकरों को किसी-न-किसी काम से बाहर भेज दिया था, पर द्वार पर खड़े संगीनधारी प्रहरियों को कहाँ भेज सकती थी? जितनी जोर से त्रिभुवननाथ गरज रहे थे, उससे दोगुनी तीखी आवाज में रत्ना चीख रही थी, बाप-बेटी साँप-नेवले-से आमने-सामने तने खड़े थे। कभी साँप फन उठाकर नेवले पर चोट कर रहा था और कभी नेवला साँप का फन मुँह में दबोच उसे पटक रहा था।

"मैंने कह दिया डैडी, मैं अरुण से ही शादी करूँगी। आपको मेरे लिए कुछ नहीं सोचना होगा। मैं कोई बच्ची नहीं हूँ, अपना रास्ता खुद ढूँढ़ सकती हूँ। मैं बालिग हूँ।"

"मैं तुमसे ज्यादा जानता हूँ। ऐसी बीसियों बालिगों की दुर्दशा दिन-रात देखता आया हूँ। आये दिन ऐसे प्रेमी के साथ भागी मूर्ख छोकरियाँ थाने में बन्द रहती हैं। पुलिस के दो डण्डे पड़े और सारा प्रेम काफूर हो जाता है। फिर माँ-बाप के पास पहुँचा दी जाती हैं और उनके प्रेमी साले प्रेम से हवालात की हवा खाते हैं। मैं तेरी शादी हरगिज नहीं होने दूँगा।"

"मैं भी उसी से शादी कर आपको दिखा दूँगी डैडी।"

"ठीक है, तब निकल जा मेरे घर से।"

"हाँ-हाँ, निकल जाऊँगी, अभी, इसी पल।" और सचमुच ही वह नानी-दादी को धक्के देती तीर-सी निकल गई थी। और उसी क्षण पुलिस के महकमे की कुछ वर्षों से अचल पड़ी रक्तवाहिकाएँ त्रिभुवननाथ की रगों में एक बार फिर दौड़ने लगी थीं। पहले वे सड़क पर उद्भ्रांत-सी भाग रही बेटी को लगभग खींचकर कार में बिठा घर ले आए, फिर उसे बेरहमी से कमरे में पटक उन्होंने ताला मार दिया। ग्रिल्ड खिड़की से उस ऊँचाई से उसके नीचे कूदने का प्रश्न ही नहीं उठता था। ऐसा साहस उनकी नाजों में पली नकचढ़ी बेटी को दस जनम में नहीं होगा, यह वे जानते थे। ताले की चाबी ट्यूनिक की जेब में

डाल वे दिन-भर न जाने कहाँ चले गए।

बड़ी देर तक द्वार की दरार से आती सिसकियों को सुन, तीन दिन विवशा नारी-मूर्तियाँ बिना खाए-पिए खड़ी रह गईं। डुप्लीकेट चाबी रहने पर भी किसी को ताला खोलने की हिम्मत नहीं हुई। सारी रात साहब सोफे पर सोए हैं, और रत्ना बेबी कमरे में बन्द रही हैं, यह समाचार देखते-ही-देखते पूरी पुलिस लाइन में फैल गया।

दूसरे दिन ताला खोला तो रामेश्वरी ने देखा, गाउन डाले रत्ना उदास दृष्टि से खिड़की के बाहर देख रही है। शायद वह समझ गई थी कि दुर्वासा-से बाप ने बाँस ही काटकर बहा दिया है, जिससे वंशी कभी बज ही न पाए। उसका अनुमान ठीक था। अरुण मल्होत्रा जिस बरसाती को किराए पर लेकर पिछले महीनों से रहा था, और फिल्म इंस्टिट्यूट से छुट्टियों में आकर इन दिनों भी जहाँ रह रहा था, वह खाली थी। मकान मालिक ने बताया कि वह किराया चुका, सब सामान लेकर कहीं चला गया है। कह गया है कि उसके कुछ पुलिस मित्रों ने उसके लिए नया मकान ढूँढ़ दिया है, वहीं रहेगा।

रत्ना उसे ढूँढ़ने कहाँ-कहाँ नहीं भटकी! उसके मित्रों के पास गई, उसकी एक ममेरी बहन पटेल नगर में रहती थी, वहाँ भी गई, पर अरुण का कुछ पता नहीं लगा। सात-आठ दिनों में ही रत्ना का दमकता चेहरा श्रीहीन हो गया था। न वह ठीक से खा-पी ही रही थी, न किसी से बोल ही रही थी। एक दिन वह दुर्धर्ष पिता के सामने तनकर खड़ी हो गई थी, "डैडी, आप ही ने अरुण को इस शहर से भगागा है ना?"

त्रिभुवननाथ निरुत्तर बैठे हाथ के नाखून काटते रहे।

"बताइए डैडी, क्यों किया आपने ऐसा? आप क्या समझते हैं कि मैं उसे ढूँढ़ नहीं सकती?"

नानी भयग्रस्त होकर भीतर चली गईं। दादी जोर-जोर से माला जपने लगीं। रामेश्वरी दुस्साहस देख थर-थर काँप उठी।

रत्ना इस बार धैर्य खो बैठी, "बोलते क्यों नहीं? क्या आप सचमुच यही सोच रहे हैं कि मैं उससे मिल नहीं सकती?" उसके होंठ व्यंग्यात्मक स्थिति में तिरछे हो गए।

"हाँ, तुम लाख सिर पटको, तुम अब उससे जीवन-भर नहीं मिल सकतीं।"

एक भयावह आशंका से वह बौखला गई। लपककर उसने पिता के आयत स्कन्ध पकड़कर उन्हें झकझोर दिया, "आपने क्या किया है उसके साथ? बताइए, बताइए मुझे।"

उद्धत पुत्री को धक्का देकर त्रिभुवननाथ अपने कमरे में चले गए और जोर से दरवाजा बन्द कर लिया।

"ठीक है डैडी, मैं भी आपसे ऐसा बदला लूँगी कि..." वह फिर एकदम टूट गई। वहीं मेज पर सिर रख फूट-फूटकर रोने लगी।

रामेश्वरी ने धीरे-से उसकी काँपती पीठ पर हाथ धरा, "होश में आओ बेटी। बाहर रामसिंह खड़ा है। सुनेगा तो क्या कहेगा? इतना मैं कह सकती हूँ, तेरे डैडी कभी तेरा अनिष्ट नहीं करेंगे।" उसका इससे बड़ा अनिष्ट डैडी और क्या कर सकते थे?

बड़ी रात तक त्रिभुवननाथ कमरे से बाहर नहीं निकले। रत्ना को नानी जबरदस्ती अपने कमरे में खींच ले गईं। उस रात पूरा घर भूखा ही सो गया। लग रहा था, अभी-अभी घर से किसी की अर्थी उठकर गई है। दूसरे ही दिन से रत्ना में आश्चर्यजनक परिवर्तन देख, रामेश्वरी ही नहीं, उसकी दादी, नानी, नौकर-चाकर सब सहम गए थे। लड़की को जैसे पिता के दिए गए एक ही बिजली के झटके ने सुन्न कर दिया था। न वह किसी से बोलती, न कहीं जाती। रामेश्वरी नहाने को कहती तो नहा लेती, नानी थाली लगाकर कमरे में भेज देतीं, तो बिना मीन-मेख निकाले, सिर झुकाए खा लेती। पहले जरा-सा मसाला भूँजने या दाल बघारने में चूक रह जाती तो वह घर-भर को डाँट-डपटकर रख देती थी। घर-भर के नौकर बेबी से थर-थर काँपते थे। मेम साहब गऊ थीं और दोनों बूढ़ियों को पूछता ही कौन था? उसी रत्ना को जैसे कालिया नाग सूँघ गया था। दबंग पुत्री से ऐसे विनम्र व्यवहार की त्रिभुवननाथ को भी आशा नहीं थी, वे तो सोच रहे थे, मौका पाते ही लड़की फिर भाग जाएगी। यद्यपि उसी दिन से पिता-पुत्री में बोलचाल बन्द थी पर त्रिभुवननाथ कनखियों से सबकुछ देख रहे थे। फिर पुलिस के महकमे में आते ही तो विधाता आनेवाले की पीठ में भी एक जोड़ा आँखें बैठा देता है। वे जान गए थे कि यह अपराधी की अफसर को विश्वास पात्र बना, मौका पाते ही निकल भागनेवाली ओढ़ी गई नकली विनम्रता नहीं है, समझदार लड़की अनुशासन के पहले ही चाबुक की मार से राह पर आ गई है। धीरे-धीरे उन्होंने अनुशासन की लगाम स्वयं ढीली कर दी। पर फिर भी वे उसकी ओर से एकदम निश्चिन्त

नहीं हो पा रहे थे। उसकी अस्वाभाविक विनम्रता उन्हें बीच-बीच में आशंकित करती जा रही थी। उनका जीवन ही घाघ अपराधियों को सूँघते-परखते बीता था। जमीन पर दृष्टि गड़ाए, धीमे स्वर में बोलते अनेक अपराधियों को अपने पुलिस प्रहरियों की बन्दूक छीन उनके सिर पर उसका कुन्दा मार हथकड़ी-बेड़ी सहित घने जंगलों में विलीन होते वे देख चुके थे। उनकी यह दृढ़ धारणा थी कि अपराधी हमेशा अपराधी ही रहता है। पुत्री की वह अस्वाभाविक चुप्पी उन्हें तेज आँधी आने से पूर्व की सूई-टपक सन्नाटे-सी सहमाने लगी थी।

किन्तु फिर धीरे-धीरे सहसा आपादमस्तक बदल गई पुत्री का संयमित आवरण उन्हें आश्वस्त कर गया। यहाँ तक कि एक दिन उन्होंने खाने की मेज पर उसके लिए आए एक भव्य विवाह प्रस्ताव का चुग्गा भी बिखेर दिया और वह गर्दन झुकाकर निःशब्द उस चुग्गे को चुगने लगी। प्रस्ताव सुन माँ की ओर देख मन्द स्मित बिखेरती पुत्री के मौनं सम्मति लक्षणम् को उनकी पुलिस की पैनी दृष्टि ने बाँच लिया। अब तो वे पुत्री के सामने दिन-रात भावी जामाता की प्रशंसा के पुल बाँधने लगे—अहमदाबाद से एम.बी.ए. किया है, अभी तो बम्बई के सिटी बैंक में है पर अब सुना, लन्दन में पोस्टिंग हो रही है, उसकी नौकरी क्या हमारी जैसी तीन कौड़ी की सरकारी नौकरी है! पाँच हजार तो तनख्वाह है। उस पर बँगले के पर्दे से लेकर, बच्चों की शिक्षा, यूनिफार्म, कटलरी, फर्नीचर सब बैंक देता है। ऊपर से शोफर ड्रिवेन कार।

रत्ना सिर झुकाए सुनती रही। फिर त्रिभुवननाथ ने बड़े चातुर्य से प्रस्ताव का दुर्बल पक्ष सँभाल लिया, "हाँ, बस देखने में जरा...।"

"क्या?" रामेश्वरी ने ही पूछ लिया था, "काला है क्या? क्यों जी, कैसा कश्मीरी है?"

"अरे, काला-वाला नहीं, जरा साँवला है। असल में लड़के के पिता ने प्रेम विवाह किया था। माँ केरल की है। नाक-नक्श तीखा है, फिर हमारे रत्ना के रंग के सामने तो कैसा भी निखालिस कश्मीरी हो, वह भी पानी भरे।"

एक दिन सिटी बैंक का बहुचर्चित अफसर स्वयं आकर उपस्थित हो गया। रामेश्वरी ने देखा तो भीतर जाकर एकान्त में आँसू पोंछ आई—कहाँ उसकी देवांगना-सी पुत्री और कहाँ यह रावण का नाती। काला-स्याह चेहरा, पकौड़ी-सी नाक—लगता था, विधाता ने चेहरे पर चिपकाने से पहले बीच से पकड़ किसी शैतान बच्चे के कान की भाँति बेरहमी से ऊपर को ऐंठ दी थी, वीभत्स, मोटे हब्शी-से अधर और परस्पर जुड़ी सघन भौंहें, उस पर कानों से निकले

बालों के गुच्छे देख लगता था, कोई कमालिया कीड़े का जोड़ा ही कानों में घुसकर बैठ गया है। किन्तु लड़के की सारी खूबसूरती विधाता ने उसकी जीभ में घोलकर रख दी थी। मिनटों में उस अल्पभाषी परिवार के सदस्यों को उसने अपनी मुट्ठी में बाँध लिया था। कैसे-कैसे किस्से और चुटकुलों का खजाना था उसके पास! एक-के-बाद-एक किस्से सुनाता, वह भावी सास-ससुर को गुदगुदाता चला जा रहा था, एक रत्ना ही चुप थी।

त्रिभुवननाथ बार-बार आशंकित हो चुप बैठी पुत्री को देख रहे थे। तब क्या उसने उनके ढूँढ़कर लाए गए भावी जामाता को नापास कर दिया था? उन्होंने कई बार चेष्टा भी की कि सास, माँ और पत्नी को किसी बहाने भीतर खींच ले जाएँ और दोनों को कुछ देकर एकान्त दे दें, पर पट्ठे ने दोनों बुढ़ियों को बातों के ऐसे लच्छे में बाँध लिया था कि तीनों उठने का नाम ही नहीं ले रही थीं। कौन-से विषय में किसकी रुचि है, उस अद्भुत अतिथि ने मिनटों में भाँप लिया था और प्रत्येक मेजबान के सामने वह उसी के रुचि के व्यंजनों की दक्ष परिवेशना करता चला जा रहा था। कैसा ज्ञान था उसका! ससुर और कान्वेंट शिक्षिता सास के साथ त्रुटिहीन अंग्रेजी में धड़ल्ले से सम्भाषण, ननिया-ददिया सास के पास संस्कृतनिष्ठ हिन्दी में शास्त्र-पुराणों के आख्यानों का विवरण। बीच-बीच में, रत्ना की ओर फेंके जा रहे लुके-छिपे बुद्धि-प्रदीप्त चितवन के शरसंधान को भी वे पकड़ चुके थे। स्पष्ट था कि उनकी रूपवती पुत्री को देखकर बेचारा चारों खाने चित पड़ा है।

अचानक वह त्रिभुवननाथ की ओर मुड़ा, "मैंने सुना है, आप नियमित रूप से योगाभ्यास करते हैं सर?"

त्रिभुवननाथ चौंक पड़े। यह कैसे जान गया?

"एक बात कहूँ सर, मैं भी पिछले दस सालों से योगाभ्यास करता आ रहा हूँ—आप बुरा न मानें, तो कहूँ।"

"हाँ-हाँ, कहो।"

"योगाभ्यास बड़ी सावधानी से करना चाहिए, मेरा मतलब किसी दक्ष गुरु के निर्देशन में। मुझे सौभाग्य से, एक ऐसे ही गुरु मिल गए थे। उनका कहना था कि गलत ढंग से किया गया प्राणायाम भी प्राणलेवा हो सकता है। पुस्तक पढ़कर कभी प्राणायाम न करें।"

त्रिभुवननाथ जीवन-भर करपृष्ठ पर मानव स्वभाव का घृत लगा, सूँघते-सूँघते, असली-नकली घी को पहचानने की कला में पारंगत हो चुके थे।

अनजाने ही एक मुस्कान उनकी मूँछों को छू गई। उन्हें करपृष्ठ पर मले गए उस घी में सहसा असली घी की स्पष्ट सुगन्ध आने लगी थी।

"हाँ सर," फिर देखते-ही-देखते वह बिजली की गति से कुर्सी से उछलकर, जमीन पर पद्मासन लगाकर बैठ गया।

"देखिए सर, ऐसे," उसने दाहिने अंगुष्ठ से अपना दाहिना प्रशस्त नथुना मूँद लिया, योगी न अधिक ऊँचे आसन पर बैठे, न अधिक नीचे। अपने पाँवों को उत्तान करके, दोनों जाँघों पर रख, बाईं हथेली दाहिने पाँव पर, दाईं को उत्तान कर, मुख को थोड़ा ऊपर उठा, शरीर को छाती से ऐसे मिला, आँखें बन्द कर, रज-तम को त्याग, दंतपंक्ति को पृथक् रख जिह्वा तालू से साध, शरीर स्थिर रख, 26 मात्राओंवाला प्राणायाम करना चाहिए, देवल का कथन है सर—कि शरीर, इन्द्रियाँ, मन, बुद्धि एवं आत्मा का निरोध करना ही धारणा है।" त्रिभुवननाथ का उत्फुल्ल हृदय गुलाटियाँ खाने लगा। पुलिस विभाग के लिए अति उपयुक्त रत्न सिद्ध होगा उनका यह वाचाल भावी जामाता।

उचककर वह फिर कुर्सी पर बैठ गया। रत्ना की माँ, दादी, नानी मुग्ध होकर उसे आँखों-ही-आँखों में पी रही थीं। सहसा उसकी मोटी नाक, स्याह रंग, बूटे-सा कद उसकी विद्वत्तापूर्ण धाराप्रवाह वाक्यधारा में बह गए थे। उनके सामने बैठा था एक तरुण, वल्कलधारी, योगप्रवीण, धर्मनिष्ठ, संस्कारी बालयोगी।

"मैं तो आपसे कहूँगा सर, आप आर्थर आसबर्न की 'रमण महर्षि एण्ड द पाथ सेल्फनालेज' अवश्य पढ़ें। खासकर पुलिस महकमे के प्रत्येक अफसर को यह पुस्तक पढ़नी चाहिए।" किन्तु जहाँ अपने मुग्ध श्रोताओं की प्रशंसापूर्ण मुखमुद्रा देख वह उल्लसित हो रहा था, वहीं पर निर्विकार चेहरा लटकाए बैठी भावी पत्नी की व्यंग्यात्मक मुस्कान उसे कुण्ठा में डुबो रही थी।

'क्या इतनी बातों का कुछ भी असर नहीं हुआ इस लड़की पर? ठीक है, एक बार फेरे फिरकर आ तो जाए मेरे घर।' मन-ही-मन वह अपने आशंकित चित्त को स्वयं दिलासा देने लगा, 'भुला न दूँ सब नाच-गाना इस नटिनी का, तो मेरा नाम भी ब्रजकुमार धर नहीं।'

उसके बाद तो वह नित्य ही वहाँ आने लगा, आता तो पीछे-पीछे अर्दली टोकरियों में भर-भरकर मेवा, मिष्ठान्न, फूलों के गुलदस्ते साधे चला आता।

इतने ही दिनों में वह जान गया था कि रत्ना की नानी को मलाई के पान प्रिय हैं और दादी नमकीन काजू ठूँगना पसन्द करती हैं। सास, जिन्हें वह बड़ी

अंतरंगता से 'खुशदामन' कहकर छेड़ने लगा था, साल्टेड आलमंड्स पसन्द करती हैं, और ससुर की पसन्द और उसकी पसन्द तो एकदम ही एक थी– शिवाज रीगल की तीन-तीन मीटर लम्बी बोतलें, जिन्हें फ्रैंकफुर्त से उसके चाचा उसके लिए भेजते रहते थे।

उपहारों की शिलावृष्टि जब प्रायः प्रत्येक दिन ही तड़ातड़ बरसने लगी, तब त्रिभुवननाथ ने रत्ना से एक दिन कहा, "बेटी, देखो, लड़का रोज सैकड़ों रुपए खर्च कर रहा है। अगर तुम्हारा इरादा कुछ और है, तो उससे हमारा इतने उपहार लेना ठीक नहीं लगता। कल उसके मामा ने भी फोन किया था। तुम तो जानती हो, उसके माँ-बाप नहीं हैं, ननिहाल में ही पला है। मामा ही उसके सबकुछ हैं, मुझे उन्हें उत्तर देना ही होगा। तुम कहो तो 'हाँ' कर दूँ।" उनका धड़कता कलेजा बार-बार मुँह को आ रहा था। कहीं जिद्दी छोकरी ने 'ना' कर दिया तब?

"आप 'हाँ' कर दीजिए, यही तो चाहते हैं न आप सब?" पहली बार उसने अपनी बड़ी-बड़ी आँखों की निर्भीक दृष्टि पिता के चेहरे पर निबद्ध की।

त्रिभुवननाथ ने देखा–वे आँखें क्रोध, विवशता और प्रतिशोध की आग से दहकते अंगारे-सी दहक रही थीं। यह कैसी 'हाँ' थी उसकी? इससे तो साफ 'ना' ही कर दिया होता लड़की ने। एक क्षण को उनकी अन्तरात्मा पश्चात्ताप से विगलित हो उठी। फिर दूसरे ही क्षण पिता के कर्तव्यबोध ने उन्हें सचेत कर दिया।

'ठीक किया तुमने त्रिभुवननाथ; वही किया जो एक समझदार बाप को करना चाहिए। वही किया जो कभी तुम्हारे समझदार बाप ने तुम्हारे साथ किया था। जरा सोचो तो, तुम्हारे बगल में यदि आज बेनजीर होती तो क्या तुम आज इस ऊँचे ओहदे पर होते?'

बेनजीर की स्मृति इतने वर्षों बाद भी पुलिस के कुत्तों की भाँति उनका पीछा करती चली आ रही थी। जवानी का नया जोश और पुलिस की नई-नई नौकरी। अपराध जगत् को आमूल विध्वंस करने की नित्य नवीन योजना में वे तब दिन-रात डूबे रहते। सुना था कि आगरे की बेनजीर के कोठे पर शहर के सबसे बदनाम जुआरियों का अड्डा जमता है। वहीं उनकी पहली नियुक्ति हुई थी। अनिंद्य रूपवती बेनजीर के रूप, नृत्य और कण्ठ के जादू से जूझने में आज तक जिस पुलिस अफसर ने डुबकी लगाई, वही डूबकर रह गया; यह वे सुन चुके थे। ऐसी मुट्ठी गर्म कर देती थी बेनजीर कि कोई उसके विरुद्ध

फिर चूँ भी नहीं कर सकता था। उसी से जूझने वेश बदलकर ही पहुँचते थे त्रिभुवननाथ। जुए का कुख्यात अड्डा तो उन्होंने उजाड़ दिया, किन्तु स्वयं भी उजड़ गए। कैसा कण्ठ था और कैसा रूप! फिर एक दिन बेनजीर के दलाल ने ही त्रिभुवननाथ के पिता से चुगली खाई थी। आग उगलते पिता ने एक बार पुत्र को चेतावनी दी, उसकी बदली करा स्वेच्छा से उसे डिपुटेशन का देश-निकाला देकर अण्डमान भेज दिया, पर बेनजीर छिप-छिपकर वहीं जाने लगी। तब हारकर पिता ने पुलिस का ब्रह्मास्त्र छोड़ा था। रात किसी मुजरे से लौट रही बेनजीर के चन्द्रमुख पर गुण्डों से एसिड बल्ब फिंकवा, देखते-ही-देखते उसे कुष्टरोगिणी-सा वीभत्स बना दिया था। दूसरे ही महीने त्रिभुवननाथ का विवाह हो गया और वह स्वार्थी लम्पट प्रणयी किसी बदनाम बस्ती में जिन्दा लाश बनी अपनी उस अन्धी प्रेमिका को देखने एक बार भी नहीं गया, जिसने उसके प्रेम का ऐसा मूल्य चुकाया था।

आज उसने भी तो पिता की वही दुर्धर्ष दण्डनीय दण्डनीति अपनाई थी। अन्तर इतना ही था कि जहाँ पिता ने एक अनुभवी पुलिस अफसर की भाँति बिना प्राण लिए ही अपराधी को निष्प्राण कर दिया था, वहाँ मूर्ख पुत्र को अपराधी के प्राण लेने पड़े थे। किन्तु दोष उसका नहीं था, उसने तो बार-बार अपने जल्लादों को हिदायत दी थी कि देखो, जरा समझ से काम लेना, ऐसा हो कि साँप भी मर जाए और लाठी भी न टूटे। पर उन बेचारों का भी क्या दोष! कहने लगे, "सरकार, हमें क्या पता था कि वह लौंडियों से भी गया-बीता निकलेगा! एक ही घूँसे में टें बोल गया। वह तो बाद में पता चला कि दिल का मरीज था, सुना र्‍युमैटिक हार्ट था। सर, आप चिन्ता न करें, लाश को भिण्ड-मुरैना के ऐसे घने बीहड़ में फिंकवा दिया है हमने कि यमदूत भी आसानी से नहीं ढूँढ़ पाएँगे।" रात को उनकी अन्तरात्मा फिर जले पर नमक छिड़कने लगी थी, 'त्रिभुवननाथ, तुम्हारी पुत्री सब जान गई है, तुम्हें तुम्हारे बदनाम पेशे के अनुभवों ने घाघ बनाया है, उसे विधाता ने पुलिस के शिकारी कुत्तों की-सी विलक्षण घ्राण-शक्ति दी है। वह तुम्हें तुम्हारे कुकृत्य के लिए कभी क्षमा नहीं करेगी। उससे सावधान रहना त्रिभुवननाथ! उसने न तुम्हें माफ किया है, न कभी करेगी।'

पर त्रिभुवननाथ जानते थे कि उनकी अन्तरात्मा लाख बड़बड़ाए, रत्ना कभी नहीं जान पाएगी कि उन्होंने क्या किया है? उन्होंने कभी कच्ची गोलियाँ

नहीं खेली हैं। अनायास ही उनका हाथ अपनी ऐंठी मूँछों पर चला गया था। उसी के दूसरे दिन मिठाई-फलों की टोकरियों से लदे पति-पत्नी, ब्रजकुमार की ननिहाल जाकर बात पक्की कर आए थे। दूसरे ही महीने उन्होंने कन्यादान से भी मुक्ति पा ली। लोगों का कहना था कि ऐसा विवाह, अब बहुत कम देखने को मिलता है। ठीक भी तो था, नकद लेन-देन के बाद बाहरी चमक-दमक के लिए अब पैसा ही किसके पास रह जाता है? पर त्रिभुवननाथ ने दिल खोलकर रख दिया था। जैसी ही सजावट थी, वैसा ही विवाह-भोज। कैसे-कैसे जोड़े और कैसे ठोस गहने! जयमाल के दिन तो लोग आँखें फाड़-फाड़कर वधू को ही देखते रह गए। देखते भी कैसे नहीं! उसका पूर्वाभ्यास किया गया पदविन्यास, सहस्र-सहस्र दर्शकों को एकसाथ बाँध लेता था, उसके लिए मुट्ठी-भर अतिथियों को बाँध लेना कौन-सी बड़ी बात थी! कैमरे खटाखट खटक रहे थे। बी.बी.सी. की कोई दूरदर्शन यूनिट भारत आई हुई थी। वे किसी भारतीय पारम्परिक विवाह की छवि कैमरे में उतारना चाह रहे थे। उन्हें इससे दर्शनीय छवि और कहाँ जुट सकती थी—लग रहा था कि किसी फिल्म की शूटिंग ही चल रही है। वर-वधू की बेमेल जोड़ी को देख, निरन्तर ईर्ष्यादग्ध पुरुषों की फुसफुसाहट कानों में बज रही थी।

हाथ में जयमाल लिए, धीरे-धीरे गौर युगल चरण धरती वधू अपने अक्षम, अरूपवान दूल्हे की ओर बढ़ रही थी। जान-बूझकर ही शायद ब्रजकुमार ने अपना अनाकर्षक चेहरा, सेहरे की चिलमन से ढक लिया था। तस्वीर खींचने वालों ने बार-बार उस क्षण को आग्रह कर विलम्बित करवाया।

माला डालने के पूर्व कई बार पुत्री को ठिठकना पड़ा तो त्रिभुवननाथ अधैर्य से बावले हो गए, "अब बस भी करो भाई, कैमरे बन्द करो, जयमाल डालने दो, प्लीज!"

उन्हें जैसे मन-ही-मन कोई अज्ञात आशंका कँपा रही थी; कहीं ऐसा न हो कि जयमाल पढ़ते-पढ़ते रह जाए!

किन्तु उनकी आशंका निर्मूल रही। जयमाल भी पड़ी और पितृगृह की लगभग आधी सम्पत्ति समेटकर कन्या विदा भी हो गई। 'हनीमून के लिए हम बेटी-दामाद को रोम भेजेंगे,' वे अपनी पत्नी से बहुत पहले ही कह चुके थे, 'मैं उन कंजूस बापों में नहीं हूँ कि एक अदना-सा चेक बेटी-दामाद को थमाकर कहूँ कि जाओ बेटा, कुल्लू-मनाली या नैनीताल घूम आओ।'

किन्तु जिद्दी बेटी ने उनका चेक बिना किसी कैफियत के लौटा दिया था।

"थैंक्स डैडी, इसे आप ही रख लें, मैं हनीमून मनाने में विश्वास नहीं करती। जो मनाना होगा, घर पर ही मना लेंगे।" और कैसा हनीमून मनाया था करमजली ने! विवाह को महीना-भर ही बीता था कि बम्बई से फोन आया था—ब्रजकुमार ने आत्महत्या कर ली है। आप फौरन चले आइए। फोन ब्रजकुमार के मामा का था, इसी से किसी सिरफिरे की या शत्रु की कुटिल-क्रूर परिहासरसिकता का भी प्रश्न नहीं उठता था। और फिर ऐसा मजाक भला कौन कर सकता था!

शादी की बंदनवार अभी भी द्वार पर लगी थी। रामेश्वरी भण्डार में शादी की बची-खुची रसद सँजो रही थी। अचानक बदहवास त्रिभुवननाथ पत्नी के पीछे आकर खड़े हो गए थे।

"क्या बात है? आप इतने घबराए-से क्यों लग रहे हैं?" रामेश्वरी चीनी का अधखुला बोरा छोड़कर उठ गई थी।

"सर्वनाश हो गया रामू, तुम जल्दी से तैयार हो जाओ। बम्बई से फोन आया है। ब्रज ने आत्महत्या कर ली है।"

रामेश्वरी वहीं पर सिर थामकर बैठ गई थी।

"देखो, हिम्मत से काम लो रामू, पता नहीं क्या बात हुई? कहीं रत्ना से कुछ झगड़ा-फसाद न हुआ हो। लड़की बेकसूर होने पर भी फँसाई जा सकती है। तुम तो जानती हो, हम ब्रज को मारुति देने का वायदा करके भी नहीं दे पाए, इसी से उसके मामा हमसे नाराज थे। इसी से कह रहा हूँ, इसी फ्लाइट से चलना होगा। रत्ना एकदम अकेली है।" और फिर माँ, सास से बिना कुछ बताए दोनों ही पहली फ्लाइट पकड़ बम्बई चले गए थे।

कुछ न बताए जाने पर भी दोनों बूढ़ियाँ खूँटे से बँधी गायों की ही भाँति जान गई थीं कि कुछ अघटित होनेवाली घटना घट गई है और जान-बूझकर ही उनसे छिपाई जा रही है। दोनों बेहद चटोरी थीं—एक ही वक्त अन्न खाने पर भी दिन डूबते ही अपने लिए नाना फलाहारी व्यंजनों की तैयारी में जुट जाती थीं। कभी खोये की बरफी, कभी मखाने की मेवे डली खीर और कभी शकरकन्द का हलवा, पर जब से बेटे-बहू गए थे, दोनों ने अन्न का दाना भी मुँह में नहीं लिया था।

"बहन, ऐसा भला कौन-सा फोन था जो ऐसे बदहवास भागना पड़ा?" त्रिभुवननाथ की माँ दोनों में अधिक दबंग थी।

"अब बताओ समधिन," रामेश्वरी की माँ बहुत कम बोलती थी पर जो भी कहती, बहुत सोच-समझकर ही कहती थी, "पहली बार लड़की के ससुराल जा रहे हो, ऐसे खाली हाथ भला कोई जाता है? न मेवे, न मिठाई, न फल, न कपड़े। फिर मैंने कल बड़ा बुरा सपना भी देखा है। मैंने देखा, ब्रज नंगा होकर नहा रहा है—सिर मुँडा है और सामने चार बाँस धरे हैं।"

"हाय राम, मैं तो भूल ही गई थी," दादी बोली, "कल रात-भर मेरी खिड़की के पास लगे पपीते के पेड़ पर उल्लू बोलता रहा, और दाहिनी आँख फड़क रही है कि रुकने का नाम ही नहीं लेती।"

त्रिभुवननाथ पत्नी सहित पहुँचे तो देखा, दहेज में दिए गए उपहारों के क्रेट भी बिना खुले ज्यों-के-त्यों धरे थे।

लाश पोस्टमार्टम के लिए ले जाई जा चुकी थी। एक कुर्सी पर गुमसुम-से ब्रज के मामा बैठे थे। दूसरी कुर्सी पर ब्रज की माँ बैठी थीं—रो-रोकर उनकी आँखें गुड़हल-सी लाल हो रही थीं। पूरा कमरा लोगों से भरा था, जिनमें से किसी को भी त्रिभुवननाथ नहीं जानते थे। रत्ना कहीं नहीं थी।

बिना कुछ कहे त्रिभुवननाथ धप्प से तख्त पर बैठ गए।

रामेश्वरी नहीं बैठी, उसकी आँखें किसे ढूँढ़ रही हैं देख, एक मराठी महिला उसके निकट आकर फुसफुसाई, "बेडरूम में पड़ी है। चाय भी नहीं पी है कल से। टुकुर-टुकुर छत को देख रही है बेचारी लड़की—हाय, अभी उम्र ही क्या है! पता नहीं, दर साहब ऐसा काहे को किए?"

सचमुच ही लड़की निःचेष्ट पड़ी छत को देख रही थी। बाल बिखरे, सुहाग ज्यों-का-त्यों, मंगलसूत्र झकझक चमकता गहरी साँसों के साथ ऊपर-नीचे उठ-गिर रहा था। ललाट की बिन्दी ही शायद मिटाने की चेष्टा में भूरे ललाट को सूर्यास्त की-सी लालिमा में रँग गई थी। "रत्ना!" रामेश्वरी उससे लिपटकर रोने लगी, "कैसे हो गया यह? क्या हो गया यह बेटी?"

रत्ना एक शब्द भी नहीं बोली, उसकी तन्वी देह जैसे धनुष-टंकार के आघात में ऐंठकर लकड़ी हो गई थी।

"बेटी," रामेश्वरी ने लपककर द्वार बन्द कर चिटखनी चढ़ा दी। वह पुत्री के साथ कुछ क्षणों का एकदम शान्त चाहती थी, पति भी उस क्षण आ जाते तो शायद वह उन्हें भी बाहर धकेल देती। "बता बेटी, मैं तेरी माँ हूँ—कहीं तुझसे झगड़ा तो नहीं हुआ?"

एक निर्मम झटके से माँ के आलिंगन से अपने को मुक्त कर रत्ना खिड़की

के पास खड़ी हो गई। उतनी दूर से आई शोक-विह्वला माँ की ओर उसने नजर उठाकर भी नहीं देखा।

रामेश्वरी न जाने कब तक बैठी रही। फिर ब्रज की मामी ही उसे अपने साथ बाहर ले गई। उन्होंने बताया कि पुलिस आकर उस पिस्तौल को भी ले गई थी, जिससे ब्रज ने अपने प्राण लिए थे, पोस्टमार्टम के बाद लाश वहीं से घाट ले जाएँगे। आप यदि मुँह देखना चाहें तो हमारे साथ चलें। रत्ना कहती है, वह नहीं जाएगी। पता नहीं कैसी पत्थरदिल लड़की है आपकी, एक आँसू भी जो बहाया हो!

"नहीं," त्रिभुवननाथ का पहली बार कण्ठस्वर भर्रा उठा था। जिसके महीना-भर पहले पैर पूजे थे, उसके निष्प्राण पैर देखने अब क्या जाएँ!

आखिर क्यों भरी जवानी में अभागे ने अपने प्राण ले लिए? कौन-सा दुःख था उसे, कौन-सी पीड़ा?

पुलिस की समस्त औपचारिकताओं को बड़े धैर्य से निभा त्रिभुवननाथ पत्नी और पुत्री को लेकर घर लौट आए। इसमें अब कोई सन्देह नहीं रहा था कि ब्रज ने आत्महत्या ही की थी।

पिस्तौल पर लगे अँगुलियों के निशान हूबहू उसकी अँगुलियों के निशानों से मिल गए थे। दोनों में कभी कोई खटपट नहीं हुई, इसके चश्मदीद गवाह थे स्वयं ब्रज के मित्र, प्रतिवेशी, सहकर्मी जिन्हें उसने रत्ना के साथ, मृत्यु के दिन ही एक आला सहभोज दिया था। पार्टी बड़ी रात तक चलती रही थी। अतिथियों के आग्रह पर रत्ना ने नृत्य प्रस्तुत कर भूरि-भूरि प्रशंसा भी बटोरी थी। आधी रात के बाद ही दोनों नाना उपहारों-गजरों से लदे-फँदे घर लौटे थे। भोर होने से कुछ पहले ही रत्ना की हृदयभेदी चीख से रामस्वामी चौंककर जग गए थे। उन्होंने सबसे पहले घण्टी बजाई थी। नौकर के साथ वे ही उस रहस्यमय खून के पहले चश्मदीद गवाह बने। उन्होंने देखा, ब्रज की छाती खून से तर है, उसका आधा धड़ पलँग से नीचे लटका है, कोने में खड़ी रत्ना फटी-फटी आँखों से उसे देख रही है।

"हमें देखते ही वह बेहोश होकर गिर पड़ी," रामस्वामी ने त्रिभुवननाथ को बताया, "मैंने ही पुलिस को फोन किया। देखते-ही-देखते भीड़ जुट गई—यह बहुत लोकप्रिय अफसर था। कितना खुश था अपनी शादी के बाद! बोलता था, हम बहुत लकी हैं रामस्वामी। ऐसा वाइफ मिला है हमको...बस, एक ही दोष था—इधर बोतल पीने लगा था। हमको तो लगा है, नशे ही में अपना

जान लिया है उसने।" त्रिभुवननाथ को उस अनजान शहर की अनचीन्ही बिरादरी ने दुर्भाग्य की उस मनहूस घड़ी में छाती से लगा लिया था। एक तो वे स्वयं पुलिस के सर्वोच्च अधिकारी थे, इसी से उस परदेश में भी उनकी बिरादरी ने उन्हें अनेक अवांछित औपचारिकताओं के हर्डल हाथ पकड़कर लँघा दिए थे। फिर एक बात और भी, ब्रज की आत्महत्या का मामला एकदम साफ था। फिंगर प्रिंट्स अपना पुष्ट प्रमाण दे ही चुके थे, उस पर ब्रज के पुराने नौकर माधो ने पुलिस को एक और महत्त्वपूर्ण सूत्र थमा आत्महत्या का रहस्य एकदम ही सुलझा दिया था।

हुआ यह था कि योग और वेद-वेदान्त पर अधिकारपूर्ण चर्चा करनेवाला ब्रजकुमार वर्षों पूर्व ही जुए और शराब की लत का शिकार हो चुका था। ननिहाल में था तो प्रायः ही फीस के लिए दिए गए रुपये दाँव में लगा आता था, स्वयं उसके मामा ने इसकी पुष्टि की थी। यह ठीक था कि शादी के कुछ दिन पहले उसने जुआ और शराब, दोनों का त्याग कर दिया था पर इधर ससुरगृह से मिली अगाध दहेज सम्पत्ति ने उसे फिर उकसा दिया। वह फिर जुआ खेलने लगा। शराब के पीछे भी उसकी हतदर्प, हीनवीर्य कुण्ठा ही बार-बार मुखर हो उठती थी, विवाह होकर भी अभागा कुआँरा ही रह गया था। रत्ना ने उसे कंधे पर हाथ भी नहीं रखने दिया था। सोने को वह उसी कमरे में सोती थी, किन्तु आज तक उसने विवाह में मिले अपने रोजवुड के पलँग की पाटी पर पैर भी नहीं धरा था, सारी रात वह उकड़ूँ होकर, कोने में धरी आरामकुर्सी पर ही काट देती थी।

"साहब इधर शादी के बाद फिर जुआ खेलने लगे थे।" माधो ने पुलिस को बताया, "मेम साहब बहुत सीधी हैं। उन्हें कभी टोकती ही नहीं थीं, न उनके साथ क्लब ही जातीं। दिन-भर अपने कमरे में पड़ी किताबें ही पढ़ती रहतीं। उस दिन पार्टी से साहब लोग लौटे तो रात का एक बजा था। साहब के साथ उनके तीन-चार दोस्त भी आ गए थे। मेम साहब तो सोने चली गईं पर साहब लोग ताश खेलने लगे। मैं बीच-बीच में आकर देख रहा था कि साहब बराबर हारते चले जा रहे हैं। बार-बार चेकबुक निकालते और दाँव लगाते। देखते-ही-देखते पूरी चेकबुक खाली हो गई तो साहब ने दूर पटक दी और बोतल मुँह से लगा ली। मुझसे नहीं रहा गया सरकार। मैं हाथ जोड़कर उनके दोस्तों के सामने खड़ा हो गया। मैंने कहा, 'हुजूर, अब तो आप साहब

को नंगा कर चुके हैं। अब मेहरबानी कर आप लोग अपने घर जाइए।'

"और किसी तरह साहब को हाथ पकड़कर मैं उनके कमरे तक ले गया और पलँग पर सुला आया। मेम साहब शायद इन्तजार करती कुर्सी पर ही गहरी नींद में सो गई थीं। मैंने उन्हें जानबूझकर ही नहीं जगाया—साहब की जैसी हालत थी, उसे देखकर बेचारी फिर क्या सो पातीं? मेरी आँखें लगी ही थीं कि मेम साहब की चीख सुनकर मैं भागा। अँधेरे में ठोकर खाकर गिर पड़ा। तभी घण्टी बजी। द्वार खोला और देखा, रामस्वामी साहब खड़े हैं। बोले, 'क्या बात है माधो, तुम्हारा मेम साहब क्यों चीखा?'

"हम दोनों कमरे की ओर भागे, बस मत पूछो साहब, हम पर क्या बीती? ब्रजसाहब को हमने गोद में खिलाया था साहब।"

माधो के बताए ब्रज के जुआरी मित्रों को ढूँढ़कर लाया गया। माधो की गवाही शत-प्रतिशत सही निकली। दहेज में मिले सवा लाख अभागा ब्रज सवा घण्टे में ही हारकर, भोर होने से पहले ही पथ का भिखारी बन गया था। परीक्षण ने उदरस्थ शराब की भी पुष्टि कर दी थी। हार के धक्के ने ही उसे स्वयं अपने प्राण लेने को उकसाया था, इसमें अब शक की गुंजाइश नहीं रह गई थी।

क्रेटों में बन्द पूरे सामान को ब्रज के मामा को थमा त्रिभुवननाथ ने कहा, "आप यह सब ले जाएँ, जब घर ही नहीं रहा तो रत्ना घर सजाने के सामान को लेकर क्या करेगी? फिर आपको हमसे शिकायत भी थी कि हम ब्रज को मारुति नहीं दे पाए, अब हमारी ओर से यही पत्र-पुष्प स्वीकार करें।"

ब्रज के मामा कटकर रह गए, "क्यों शर्मिन्दा करते हैं त्रिभुवननाथजी, जब बेटा ही नहीं रहा, तो इसका क्या करूँ?"

"क्यों, बेटी तो है ना?" व्यंग्य से त्रिभुवननाथ के होंठ क्रूर स्मित में खिंच गए, "उसी को दहेज में ले दीजिएगा।" और फिर उत्तर की प्रतीक्षा किए बिना वे पुत्री, पत्नी को लेकर तीर-से निकल गए थे। फिर कई दिनों तक मातमपुर्सी करनेवालों का ताँता लगा रहा। "अब मेरा यहाँ दम घुटने लगा है रामू। चलो, कहीं दूर चले जाएँ। रत्ना भी मुरझा गई है। हवा बदलने से उसे राहत मिलेगी।"

बहुत दिनों के बाद उजड़े घर को बाहर जाने की तैयारी ने फिर सँवार दिया। नानी ने ढेर सारा नाश्ता तैयार कर लिया। रामेश्वरी ने बन्द गरम कपड़ों को धूप दिखाई, सूटकेस निकाले, स्लीपिंग बैग्स झाड़े। तय हुआ था, सब

बदरी-केदार की यात्रा पर जाएँगे। आकस्मिक मृत्यु के ताजे घाव पर अब उसी पावन तीर्थ की सुशीतल छाया सुशीतल ठण्ड पहुँचा सकती है।

रत्ना अभी भी अपने कमरे से बाहर नहीं निकली थी। तीर्थयात्रा के लिए न उसने हामी ही भरी थी, न साफ ना ही कर पाई थी। डरती-डरती रामेश्वरी ही एक दिन पहले जाकर पूछ आई थी, "कौन-सा कोट रखूँ रत्ना, भूरा या काला?"

"जो तुम्हारे जी में आए," उत्तर का रूखा-सा थप्पड़ मार उसने फिर किताब में सिर झुका लिया था।

रात को रामेश्वरी खाने की थाली लेकर आई तो देखा, रत्ना निश्चेष्ट पड़ी है। चादर से मुँह ढाँपकर मुर्दा-सी पड़ी पुत्री को देख वह काँप गई—कहीं कुछ खा-वा तो नहीं लिया अभागी ने? थाली मेज पर धर वह व्याकुल होकर उस पर झुक गई, "रत्ना...रत्ना!"

"क्या है ममी, क्यों चिल्ला रही हो?" झल्लाए स्वर में माँ को झिड़क वह उठ बैठी।

"कुछ नहीं बेटी, मैं डर गई थी। तू ऐसी चुपचाप पड़ी थी कि..."

"तुमने सोचा, मैंने भी आत्महत्या कर ली और सती हो गई, क्यों?" कैसी निर्लज्ज हँसी थी उसकी!

"सती उसके लिए होते हैं ममी, जिसके लिए प्यार हो, जिसके बिना पत्नी जी न सके। मैं भला किस दुःख से आत्महत्या करूँगी? मैं तो अब बहुत सुखी हूँ—बेहद सुखी।"

"कैसी बातें कर रही है तू, कोई सुनेगा तो क्या कहेगा?"

रत्ना खिलखिलाकर हँस उठी।

रामेश्वरी काँप गई। कैसी अस्वाभाविक हँसी थी वह—कहीं बहक तो नहीं गई लड़की! पति से कहना होगा, किसी मनोचिकित्सक को बुलाएँ, तीर्थयात्रा जाए भाड़ में!

"तुम थाली ले जाओ ममी, मुझे भूख नहीं है। मेरी चिन्ता मत करो, मैं एकदम ठीक हूँ। इतनी अच्छी तबीयत मेरी कभी नहीं रही।" रामेश्वरी ने सहसा देखा, आज तक जिस लड़की ने सुहाग नहीं उतारा था और जिसका सुहाग उतारने का उसकी दबंग दादी को भी साहस नहीं हुआ था—उसने अपने दोनों अटेरू स्वयं उतारकर मेज पर धर दिए थे। पुत्री की दोनों रिक्त कलाइयाँ देख रामेश्वरी की आँखें छलछला आईं। तब क्या आज उसने स्वयं वैधव्य की

विभीषिका को स्वीकार कर लिया था?

"तू कल वक्त पर तैयार हो जाना बेटी, रिपोर्टिंग टाइम सात बजे है। सुबह पाँच बजे घर से चलना होगा।"

रत्ना ने माँ के आदेश का कोई समर्थन नहीं किया।

सुबह उसे जगाने त्रिभुवननाथ ही गए थे, 'तुमने मुझ पर यह असीम कृपा की प्रभु' वे बहुत दिनों तक मन-ही-मन दोहराते रहे थे—उसकी वह चिट्ठी उसकी धर्मभीरु माँ के हाथ में पड़ी होती तो वह फिर उस धक्के से कभी उबर नहीं पाती। कमरे में गए तो बाथरूम का दरवाजा खुला था। पलँग पूर्ण कंटिनेंटल सज्जा में सँवारकर ढाँप दिया गया था। अचानक उनकी नजर ड्रेसिंग टेबल पर धरे लिफाफे पर पड़ी। लिफाफे पर उन्हीं का नाम लिखा था। श्रीयुत त्रिभुवननाथ, आई.पी.एस.। क्या उन्हें जानबूझकर ही जलाने का वह अन्त का ओहदा ऐसे स्पष्ट कर गई थी? जैसे कह गई हो—लो त्रिभुवननाथ, अब झूलो इन तीन अक्षरों के झूले पर—

"डैडी,

मेरा काम पूरा हो गया। मैं जा रही हूँ। मैंने आपसे कहा था ना कि मैं ऐसा बदला लूँगी कि बस।

"मैंने बदला ले लिया। यदि मृत्यु के बाद आत्मा रहती है तो अरुण की आत्मा आज कितनी तृप्त हो गई होगी। आप लोग मुझे तीर्थयात्रा पर ले जाना चाहते थे ना? लेकिन डैडी, आप और मुझ जैसे अपराधियों को तो संसार का कोई तीर्थ अब शान्ति नहीं दे सकता। ब्रज ने आत्महत्या नहीं की, मैंने उसकी हत्या की है। वैसे एक लम्पट, जुआरी, शराबी, कामातुर, नारी-लोलुप व्यक्ति से मेरी शादी कर, आपने मेरा काम बहुत हद तक आसान कर दिया था। मुझे मिली पूरी सम्पत्ति उसने बम्बई पहुँचते ही ज्वाइंट खाते में डाल दी थी। उस रात शराब के नशे में चूर होकर वह पूरी धनराशि जुए में हार गया। उस पर मैं सुन चुकी थी कि उसकी एक पूर्व प्रेमिका भी है, उसी के बैंक की एक-दो कौड़ी की कलूटी स्टेनो। मैं चार दिन पहले दोनों को फाइव स्टार होटल के कमरे में रँगे हाथों पकड़ चुकी थी। वह अब भी उसकी उपपत्नी थी। चार-पाँच दिन पहले अचानक ड्रेसिंग टेबल से गायब हो गई अपनी सीको घड़ी भी मैंने उसकी कलाई पर देख ली थी। उसी दिन से मेरा खून खौलने लगा था, चाहती तो दोनों को वहीं ठंडा कर सकती थी। अपने पर्स में रिवाल्वर लेकर ही गई

थी मैं। पर मैं इतनी मूर्ख नहीं हूँ। आखिर तुम्हारी बेटी हूँ ना डैडी, तुम्हारे ऊँचे ओहदे का, नाम का, खानदान-पानदान का भी तो ध्यान रखना था मुझे।

"किन्तु जो अपनी आँखों से देख लिया था, वह मेरी सबसे बड़ी पराजय थी। मेरे रूप की, मेरे यौवन की, मेरी प्रतिभा की पराजय। जब उस रात को माधो ने शराब में चूर ब्रज को पलँग पर सुला दिया तो मैं गहरी नींद में नहीं, नींद का बहाना बनाए पड़ी थी। माधोसिंह गया तो मैंने देखा, मुँह से लार टपकाता मेरा घिनौना बदसूरत पति पलँग पर लेटा निर्लज्ज खर्राटे ले रहा था। उसकी उस रात की बदसूरती का मैं आपसे बयान नहीं कर सकती, वह मेरा पति नहीं, जैसे एक बनैला सुअर पड़ा था। मेरा अंग-प्रत्यंग घृणा से सिहर उठा। यह व्यक्ति मेरा पति था, कभी यह मेरी सन्तान का पिता भी बन सकता है।

"आखिर कब तक बचा पाऊँगी मैं अपने अक्षत कौमार्य को! नहीं, मैंने अभी तक उसे अपनी देह का स्पर्श नहीं करने दिया—मैं ऐसा नहीं होने दूँगी। मैंने उसके सिरहाने से उसी की रिवाल्वर, चादर में लपेटकर थामी। वैसे ही चादर में लिपटी रिवाल्वर से कोने में खड़ी होकर निशाना लेने लगी, फिर सहसा बुद्धि ने सचेत किया—तू कैसी पुलिस-दुहिता है री बावली? रेंज का तो ध्यान रख। यह याद रख कि तेरे पति की हत्या नहीं की जा रही है, वह आत्महत्या कर रहा है। मैं एकदम पास आई और निशाना साध, मैंने ट्रिगर दबा दिया। आप ही ने तो मुझे इस अचूक निशानेबाजी में पारंगत बनाया था। याद है न, आपका वह श्योर शाट सब-इंस्पेक्टर पाण्डे मुझे निशानेबाजी की कोचिंग देने नित्य कोठी पर आता था? मैं भला कैसे चूक सकती थी! वह तड़प भी नहीं पाया, फिर मैंने उसी धैर्य से, उसी चादर से मूठ पकड़े उसी की पिस्तौल, उसके बाएँ हाथ के नीचे गिरा दी। आपको पता ही होगा, वह लेफ्ट हैंडर था। भला आप जैसे पुलिस अफसर की बेटी, कभी किसी अपराध की भूमिका सँजोने में भूल कर सकती है? फिर आप तो जानते ही हैं, बचपन से ही मैं अगाधा क्रिस्टी को चाटती आई हूँ। शर्लक होम्स की 'अम्नीबस' आप ही ने मुझे मेरी सत्रहवीं वर्षगाँठ पर उपहार में दी थी। मेरी इन्हीं जासूस गुरुओं ने उस दिन रिवाल्वर सहित मेरी कलाई थाम ली थी।

"न मैंने कोई प्रमाण रहने दिया, न गवाह। वे मूर्ख हैं जो कहते हैं कि खून बोलता है; बोलता अवश्य है पर कोठे में बुद्धि हो तो उसकी आवाज भी बड़ी आसानी से बन्द की जा सकती है। कोई भी कभी नहीं जान पाएगा डैडी,

कि आपने क्या किया और आपकी बेटी ने क्या किया? मैंने बदला ले लिया है। अब आप मुझे ढूँढ़ने की कोई कोशिश न करें। मैंने आपसे पहले भी कहा था कि मैं अब बच्ची नहीं हूँ। अपना रास्ता खुद ढूँढ़ सकती हूँ, ढूँढ़ लूँगी।

आपकी बेटी

रत्ना''

एक पल को त्रिभुवननाथ की आँखों के आगे अँधेरा छा गया। उन्होंने स्वप्न में भी नहीं सोचा था कि ब्रज की हत्या की गई थी–कैसा बदला ले गई थी लड़की!

क्या यह बेनजीर की आह थी जो आज इतने वर्षों बाद उनके अहं को मिट्टी में मिलाकर रख गई या वे स्वयं ही अपने अहं से खंडित होकर देखते-ही-देखते मिट्टी में मिल गए थे?

एक बार उन्होंने हाथ की चिट्ठी को देखा, फिर टुकड़े-टुकड़े कर जेब में डाल ली। रद्दी की टोकरी में डालने में भी खतरा था। कहीं रामू ने टुकड़े देखकर, बेटी की लिखावट पहचान ली तो अनर्थ हो जाएगा। अपराधिनी पुत्री का कलंक भी उन्हें अपने कलंक के साथ, अब जीवन-भर नीलकंठ की भाँति कंठ भर घुटकना होगा।

रामू कभी नहीं जान पाएगी कि बेटी ने उनसे बदला ले लिया!

दर्पण

उसे शौक बस यही था। दाएँ-बाएँ, कमरे के हर कोने में लम्बे, चौकोर, तिकोने और गोल शीशे जड़े शृंगारदान खड़े थे। किसी के सम्मुख वह अपनी एड़ी-चुम्बी चोटी को नाना प्रकार के मोहपाशों में गूँथ मुस्कराती खड़ी हो जाती, किसी आदमकद शीशे में वह अपने सुडौल शरीर के एक-एक मोहक उभार को मुग्धा-सी घंटों निहारती रहती। यहाँ तक कि कमरे की हर दीवार और छत पर भी आड़े-तिरछे शीशों के त्रिकोण और षटकोण बने थे।

कामिनी के पिता नहरों के इंजीनियर थे और उनकी समृद्धि देखकर लगता था कि हिमालय से लेकर कन्याकुमारी तक की सारी नहरों का जलप्रवाह उन्हीं के गृह की समृद्धि को सींचने में जुटा है। कामिनी उनकी इकलौती पुत्री थी, इसी से उसकी दर्पणों के संकल्प की इस नई सनक को भी उसके पिता हरदयाल ने बड़े गर्व से ही स्वीकार कर लिया था। 'हमारी कम्मी के दर्पणों का संकलन तो सचमुच देखने लायक है'—वह अपने मित्रों से कहते रहते। उनकी पत्नी को पुत्री की ऐसी फिजूलखर्ची फूटी आँखों नहीं भाती थी—'तू घर का कुछ कामकाज भी सीखेगी या दिन-रात इन निगोड़े आइनों में ही अपना चेहरा निहारती रहेगी!' पर कामिनी को माँ की सीख सुनने के लिए समय ही कहाँ था! दिन-रात उसकी सखियों का जमघट उसके शीशमहल में जुटता रहता—कभी सब सखियों को अपनी इम्पाला गाड़ी में भरकर वह पिकनिक मनाने कहीं चली जाती, तो कभी दिन में सिनेमा के दो-दो शो ही देखने चल पड़ती।

कई सप्लीमेंटरी परीक्षाओं की बैसाखियाँ लगा वह बी.ए. कर पाई थी। अब केवल मन बहलाने के लिए उसने एम.ए. में दाखिला ले लिया था। इधर अपने माता-पिता से कई दिन से खटकी हुई थी। दिल्ली से उसकी मँझली

मौसी ने एक अत्यन्त सुपात्र का अता-पता भेजकर लिखा था—'जैसे भी हो, लड़के को हाथ से न जाने दें, लड़के ने स्वयं कहीं कम्मो को देखकर पसन्द किया है।' लड़का किसी ऊँचे पद पर था और हरदयाल इधर लड़की की स्वतन्त्र प्रकृति को बाँध नहीं पा रहे थे। माँ को वह टके-सा उत्तर देने लगी थी। हरदयाल एक कुशल इंजीनियर थे, वह जानते थे कि मनुष्य की जीवनधारा को नहरों की धारा की भाँति ही यदि मानव अपने बुद्धि-कौशल से बाँधकर नहीं रखता तो उसका वेगवान प्रवाह संयम की ऊँची-से-ऊँची कगार भी ढहा सकता है। कामिनी के सम्मुख खाने की मेज पर स्नेही मौसी का उदार प्रस्ताव बड़े छल-बल से हरदयाल ने हँस-हँसकर रखा, पर उस दम्भी छोकरी ने चुटकियों में हँसकर ही उड़ा भी दिया।

'बस करिए, डैडी, मौसी की पसन्द पर हमें विश्वास नहीं है। जो अपने लिए कायदे का जोड़ा नहीं जुटा सकीं, वह भला मेरे लिए क्या ढूँढ़ पाएँगी!'

'तुम्हारे वही मौसा आज तीन हजार तनख्वाह पा रहे हैं।' कामिनी की माँ चुप नहीं रह सकी थीं।

'तीन लाख भी पा लें, फिर भी काँच की आँख के स्वामी काने ही कहलाएँगे। उस दिन जब तुम्हें बाजार जाना था और बारिश रुक ही नहीं रही थी, तब सुतली में सात कानों के नाम बाँधने में तुम्हें सातवें काने का नाम याद नहीं आया, तब मैंने मौसाजी का नाम लिया और तुमने चट उनके नाम की गाँठ बाँध ली थी। जब घर के ही लोग नहीं भूल पाते कि मौसा काने हैं, तब दुनिया क्या भूल जाएगी? फिर विवाह के समय भी मौसी को पता था कि काने हैं—छिः, मैं होती तो जहर खा लेती।'

वह मेज की थाली भड़भड़ाती उठकर चली गई। हरदयाल भी जानते थे कि लड़का सुदर्शन नहीं है पर पुरुष का रूप भला कौन देखता है! उन्हें अपनी मँझली साली पर बहुत विश्वास था, स्थिति काबू से बाहर जाती देखी तो उन्होंने दफ्तर से ट्रंककाल कर विनीता को रातोंरात बुलवा लिया। लम्बी-चौड़ी विनीता, बड़े ही प्रभावशाली व्यक्तित्व की स्वामिनी थी। उसके पति विदेशी दूतावास में फर्स्ट सेक्रेटरी थे। विवाह से पूर्व वह आकाशवाणी से समाचार पढ़ा करती थी, इसी से उसकी वाणी में अपने सधे उतार-चढ़ाव से श्रोताओं को बाँधने की स्वाभाविक क्षमता आ गई थी।

'बड़ी पगली है तू, कम्मो!' उसने आते ही अपना बड़ा बटुआ सोफे पर पटक पास में बैठी कामिनी को अपनी भुजाओं में बाँध लिया था—'मैंने लड़के

को स्वयं देखकर पसन्द किया है, इसी युनिवर्सिटी का तो छात्र रह चुका है। तूने भी देखा होगा, हर कनवोकेशन में पचासों मेडल बटोरता था।'

'हाँ, देखा है, मौसी! इसी से तो हँसी आ रही है', बेहया कामिनी जोर से हँस भी पड़ी थी—'बाप रे बाप! नाक है कि कुतुबमीनार! सवा दो गज की दुनाली की एक ही छींक एकसाथ दस पत्नियों को घायल कर सकती है। मौसी, भगवान के लिए अब मुझसे कुछ मत कहना।'

'पागल न बनो कम्मो, लड़का यहीं है, मैंने कल उसे चाय पर बुलाया है। लड़के ने तुझे किसी फर्नीचर की दुकान पर आईना खरीदते देखा है, तेरा प्रतिबिम्ब सामने धरे आईने में पड़ रहा था। उसी को देखकर बुरी तरह रीझ गया है। उसकी बुआ टेलीविजन में काम करती है। मेरे साथ आकाशवाणी में काम कर चुकी है। उसी को लड़के ने लिखा था कि मुझसे रिश्ता भिजवा दें।'

'छिः, ऐसी सस्ती भावुकता हमें पसन्द नहीं है, मौसी!' कामिनी ने अपनी सुन्दर नाक सिकोड़कर कहा—'यह दर्पण में किसी का प्रतिबिम्ब देखकर, मुग्ध होनेवाले अलाउद्दीन खिलजी का युग नहीं है। आप उसे शौक से चाय, लंच या डिनर पर बुलाइए, पर मैं उस नक्कू की दुल्हन बनने से रही।' नाक सिकोड़ने पर कमबख्त गजब ढाती थी, इसी से उसका दिमाग भी तो सातवें आसमान पर चढ़ा हुआ था।

पर विनीता भी हार माननेवाली नहीं थी। दूसरे दिन की चाय को सफल बनाने के लिए वह जी-जान से जुट गई। कामिनी को प्रसन्न करने को वह उसके लिए एक हल्की धानी रंग की चन्देरी साड़ी भी ले आई। अपने माणिक के झुमके उसके कानों में डालकर दोनों हाथों से उसका मोहक चेहरा अपने पास खींचकर वह बड़े रौबीले स्वर में बोली—'बदसूरत पति एक नियामत है कम्मी, बस यह समझ ले कि एक ऐसा चेक तेरे पास हमेशा धरा रहेगा, जिसे जब चाहा भुना लिया। तू सुन्दरी है, इसी से तेरा पलड़ा हमेशा भारी रहेगा। फिर नरेश को मैंने दिन-रात देखा है, जरा नाक ही तो लम्बी है...'

'रहने भी दो मौसी, तुमने देखा है तो मैंने भी उसे देखा है!' कामिनी उठ खड़ी हुई, पर मौसी ने फिर हाथ खींचकर उसे पास बिठा लिया और बोली—'तेरे भावी श्वसुर की कोठी वेस्टर्न कोर्ट का सबसे जगमगाता हीरा है।' वह फिर अपनी मँजी वाणी में आकाशवाणी की लोच ले आई—'दोनों जिठानियाँ दिन-रात विदेशी आकाशों में उड़ती फिरती हैं, अपना हवाई जहाज

है। सबका अनुमान है कि अगले चुनाव में तेरे ही भावी श्वसुर का पलड़ा भारी है। कई महीनों से एक ज्योतिषी को संग लिए-लिए घूमते हैं। उसी ने भविष्यवाणी की है कि एक लक्ष्मी-सी बहू आपके घर को आलोकित करने आ रही है...'

'थैंक गॉड—मैं वह लक्ष्मी नहीं हूँ, मौसी!' हँसकर दुष्टा कामिनी ने मौसी के कन्धे पर, बड़े लाड़ से गर्दन डाल दी।

'उसी पंडित ने कहा है कि वह एक दिन मन्त्री बनेंगे,' मौसी ने भावी मन्त्री की होनेवाली बहू को गोद में खींच लिया।

'ओह, मौसी, अगर तुम सोच रही हो कि मन्त्री के सुपुत्र के गले में मैं ही माला डालूँगी तो मुझे दुःख है कि तुम्हारी इच्छा कभी पूरी नहीं होगी। फूलमालाओं से लदे, खुली कार में बत्तीसी ताने मन्त्री श्वसुर के साथ बनावटी नम्रता की मुद्रा में हाथ जोड़े ग्रुप चित्र को अखबार में देखने की मेरी कोई महत्त्वाकांक्षा नहीं है...'

'तब तू क्या दिन-रात आईने में अपना चेहरा देखना चाहती है, अभागी?' मौसी सचमुच झुँझला पड़ीं।

'नहीं मौसी, अपने चेहरे के पार्श्व में किसी सुदर्शन सुपुरुष के चेहरे की काल्पनिक छवि भला किस कुँआरी लड़की को आकर्षित नहीं करती? ईमान से कहना मौसी, विवाह से पहले क्या तुम भी अपने सुन्दर चेहरे के बगल में मन-ही-मन किसी सजीले दूल्हे के चेहरे की कल्पना नहीं करती थीं?'

'चुप, मुँहजली! बहुत सिर चढ़ा दिया है बड़े जीजा ने,' अपने विकलांग पति का उल्लेख मौसी कभी नहीं सह पाती थीं। कामिनी का सिर पट से सोफे पर पटक, मुँह फुलाकर मौसी चौके में चली गईं।

कामिनी बड़ी देर तक मन-ही-मन हँसती रही—चलो, इसी प्रस्तावित सगाई के बहाने एक साड़ी तो मौसी से झटक ही ली।

सन्ध्या को महा आडम्बर से किए गए चाय के आयोजन को, चतुरा मौसी अपनी अनेक चेष्टाओं के बावजूद जमा नहीं पाई। कामिनी गुमसुम मुँह फुलाए सोफे के कोने पर ऐसी बैठी रही जैसे गूँगी हो, नरेश बेचारा स्वभाव से संकोची था ही। मौसी ही बार-बार गोष्ठी जमाने का प्रयत्न कर रही थीं—'क्यों री कम्मी, जा, अपना दर्पणों का संकलन तो दिखा ला नरेश को,' मौसी ने मीठी मिश्री-सी वाणी का शर्बत घोला—'जानते हो नरेश, हमारी इस सनकी बिटिया को दर्पणों की हॉबी का भूत चिपट गया है, न जाने कितने दर्पण ले चुकी है

पर मन नहीं भरता। कमरा तो पूरा शीशमहल है—जाओ, तुम भी देख आओ।'

नरेश उठ गया पर सहसा कामिनी ने अपनी गोलाबारी से मौसी को स्तब्ध कर दिया—'इनको आज वह दर्पण भी दिखला दूँगी मौसी जो डैडी ने मुझे इस जन्मदिन पर दिया है। उसमें देखनेवाले को अपने चेहरे का हर नैन-नक्शा दुगुने आकार का दीखता है—है न, मौसी?' अपनी अर्थपूर्ण मुसकान से उसने मौसी को अर्द्ध-विक्षिप्त-सा कर दिया। चोट निशाने पर लगी, कामिनी के साथ चलने को उद्यत सौम्य युवक की लम्बी नाक सिहर उठी। उसकी लम्बी नाक मनहूस की भाँति उसके भाग्य के साथ चिपकी चली आ रही थी। स्कूल में पढ़ने गया तो सहपाठी 'गजानन' कहकर चिढ़ाने लगे, युनिवर्सिटी में उसकी इसी सूँड़ को लेकर रैगिंग का महोत्सव बड़ी सफलता से मनाया गया पर उसकी तेजस्वी मेधा का गाम्भीर्य सदैव उसका अभेद्य जिरहबख्तर बन जाता। आज विवाह का सुअवसर आया तो वही अभागी नाक फिर उसके सौभाग्य-द्वार के सम्मुख चट्टान बनकर खड़ी हो गई। वह समझ गया कि किस उद्देश्य से उसे, उस विशेष प्रकार के दर्पण के सम्मुख ले जाया जा रहा है।

अनेक सजे-धजे कमरों को पार कर, वह मरे मन से स्वयंवरा के शीशमहल में पहुँचा और सकपकाकर खड़ा रह गया। एकसाथ उसकी लम्बी नाक के सहस्र संस्करण, छापेखाने की मशीन से निकलते समाचार-पत्रों की तेजी से निकलने लगे। अचानक उसकी सहमी दृष्टि, पार्श्व में खड़ी मुसकराती कामिनी पर पड़ी। वह आँखों ही आँखों में उसे चुनौती-सी दे रही थी।

'धन्यवाद, आपका संकलन सचमुच अद्वितीय है,' बड़े व्यंग्य से हँसकर नरेश ने ही चुप्पी तोड़ी—'पर शायद पूरा संकलन मैं नहीं देख पाऊँगा—अभी-अभी मुझे ध्यान आया कि मेरा एक बहुत पुराना मित्र इसी गाड़ी से आ रहा है, मुझे क्षमा कीजिएगा।' बिना उत्तर की प्रतीक्षा किए ही वह तेजी से, पिछवाड़े के द्वार को खोल, बिना किसी से मिले ही चला गया।

कामिनी अकेली ही सिर झुकाकर गोल कमरे में पहुँची तो सबने एकसाथ ही पूछा—'अरे, नरेश को कहाँ छोड़ आई, कम्मी?'

'उन्हें अपने किसी मित्र को लेने स्टेशन जाना था, चले गए...'

मौसी का माथा ठनका। कम्मी के दम्भी, उद्दंड स्वभाव से वह परिचित थीं, हो-न-हो, छोकरी ने कुछ कह दिया होगा।

'कम-से-कम एक प्याला चाय का तो पिला दिया होता,' मौसी बड़बड़ाने लगीं—'जाने क्या बात है भाई बड़ी जीजी, तुम्हारी बिटिया को हम कभी नहीं

सँभाल पाएँगे। अपनी गृहस्थी से समय निकालकर भागती-भागती आई, लड़के को चाय पर बुलाया और इन्होंने बाहर ही बाहर चराकर भगा दिया। तीन बजे की गाड़ी से जाऊँगी कहा था जीजाजी, पर सोचती हूँ अभी चल दूँ, बीस मिनट हैं हावड़ा मेल छूटने में...'

मौसी का क्रोध विकट था। अपने तमतमाए चेहरे से वह सबको भस्मीभूत कर, सचमुच ही हावड़ा मेल से चली गईं। इधर डैडी तो मारे गुस्से के फटे जा रहे थे।

अम्मा की सिसकियों का स्वर कामिनी के कानों में विष घोलने लगा। ऊबकर उसने एकसाथ अपनी सब सखियों को फोन खनखना दिया। सबको एक-एक कर लेती हुई, वह छोटी-सी चाय-गोष्ठी का आयोजन करेगी अपनी सगाई टूटने के उपलक्ष्य में।

उसे पाकर सब सखियाँ खिल गईं। लम्बी नाकवाले सुपात्र को साफ 'ना' कह देने के दुःसाहस पर उसे बार-बार बधाइयाँ दी गईं।

विनीता श्रीवास्तव ने तो बढ़कर उसकी पीठ भी ठोंक दी। पिछले तीन महीनों में उसे पाँच पात्र नापसन्द कर चुके थे जिनमें एक यही हजरत नक्कू भी थे।

'शाबाश कम्मी, बहुत ठीक किया तूने। ऐसा ही सबक पढ़ाना था सबको। लड़का जिसे चाहे पसन्द कर ले और जिसे चाहे नापसन्द, पर लड़की सिर झुकाकर उनकी चादर की गाँठ से बँध जाए—साथ में बटोर ले बाप की पूरी दौलत!'

'और क्या?' माधुरी का विवाह भी हाल ही में हुआ था और बीस हजार के तिलक ने उसके स्वस्थ पिता के सुदृढ़ स्वास्थ्य-दुर्ग की नींव ही हिलाकर रख दी थी। 'बल्कि मैं तो चाहती हूँ तूने सूर्पनखा की-सी नाक का नमूना भी काटकर रख लिया होता!' माधुरी के इस उदार प्रस्ताव का सखियों के सदन में तुमुल हर्षध्वनि से स्वागत किया गया।

कामिनी की सखियाँ, उसके नित्य नवीन अभिनव सौन्दर्य की सहस्र कंठों में प्रशंसा कर रही थीं और सौन्दर्य-प्रभुता के मद में झूमती कामिनी उन्हें जी भरकर जिमा रही थी।

'हाय, कितनी सुन्दर लग रही है तू, कम्मो, जान-बूझकर ही आज इस सज्जा का घातक प्रहार किया गया था क्या?' माधुरी बोली—'मेरी खाल तेरी जैसी चिकनी होती और ऐसा चम्पई रंग होता तो मैं तो कभी इतने सारे स्किन

लोशन, उबटन और लेप-प्रलेप नहीं घिसती...'

'माफ कीजिए,' कामिनी ने हाथ का काँटा नीचे धर दिया—'अट्टालिका की शोभा तभी बढ़ती है जब उसकी दीवारों पर रंग-चूना लगा हो, खिड़कियों के शीशे चमकाए गए हों, द्वार पर रोगन-वार्निश की चमक हो, चमकीले पर्दे हों और छत से लटकते हों झाड़फानूस,' हँसते हुए कम्मो ने अपने कानों के चौमंजिले झुमके हिलाकर कहा।

'ठीक ही तो कह रही है,' विनीता ने चापलूसी का मक्खन थपेड़ा और साथ ही अपने लिए एक प्लेट बोटी-कबाब का आर्डर दे दिया।

'इन्हीं झुमकों को पहनकर हमारी कम्मो रानी युनिवर्सिटी गईं तो हमारे दुष्ट सहपाठी लट्टू हो गए थे और उन्होंने इसे खूब छकाया था।'

'चल हट मरी, तू सब याद रखती है,' कामिनी ने बनावटी लज्जा की लाली बिखेरी। मन-ही-मन तो वह प्रसन्न हुई।

चापलूसी और हँसी के दौर में वह सखियों के साथ उठकर बाहर आई तो बटुए में बत्तीस रुपए की जमा-पूँजी में कुल तीस नए पैसे बचे थे।

सबको एक-एक कर उनके घर पर उतारा और अपने बँगले में पहुँची तो सब बत्तियाँ बन्द थीं। अम्मा ने शायद उसे देख लिया था। 'रामजस छुट्टी लेकर घर गया है, गैस के चूल्हे के पास खाना धरा है, खा लेना।'

कामिनी को भूख नहीं थी, फिर अम्मा की बेरुखी से वह और भी खिन्न हो गई। नित्य तीनों प्राणी एकसाथ, नौ-दस बजे रात का खाना खाते थे और आज आठ ही बजे खा-पीकर उसका खाना पटक दिया गया। खैर, वह नहीं खाएगी, पर बादाम-चिरौंजी का अवलेप तो पकाकर चेहरे पर लगाना ही होगा। तीन ही दिन उसे लगाने से उसकी चिकनी खाल और भी चिकनी हो उठी थी।

उसने गैस का चूल्हा जलाया, अवलेप पकाया और आँचल से गर्म कटोरी पकड़कर कमरे की ओर चल दी। उसी क्षण, जिस झीनी पारदर्शी गुलाबी साड़ी ने उसके सौन्दर्य में चार चाँद जड़ दिए थे, अचानक उसके सौन्दर्य-कोश को, किसी बर्बर क्रूर शत्रु की भाँति लूटकर रिक्त कर दिया।

आँचल में लगी नन्ही लपट को वह देख नहीं पाई, कमरे में पहुँचने तक, तीव्र हवा के झोकों ने उसे लपटों की चिता में घेर लिया। न वह चीख पाई और न लज्जावश कपड़े ही खोल पाई। छटपटाती और आतिशबाजी की चरखी-सी घूमती कामिनी को पहले हरदयाल ने देखा फिर चीख मारकर अम्मा

आ गईं—देखते ही देखते पूरा पड़ोस जुड़ गया।

कपड़े चीरे गए, कम्बलों में लुढ़काया गया पर सौन्दर्य-प्रासाद फुँक गया था, रह गया था खँडहर...एक आँख जलकर बाहर लटक आई थी, निचला होंठ बुरी तरह जल गया था। जो दाड़िम-सी दन्त-पंक्ति मुनियों का मन भी मोह सकती थी, अब दिल बहलाने लगी। तीन माह तक अस्पताल की विभीषिका में उसका सीमित परिवार गहन अन्धकार में डूबकर रह गया।

चाहने पर भी माता-पिता, प्राणों से प्रिय इकलौती के प्राणों की भिक्षा नहीं माँग पा रहे थे। क्या लेकर जिएगी? वह लाड़ली अप्सरा, जो नित्य नवीन दर्पणों में अपना चेहरा देख-देखकर नहीं अघाती थी, अब क्या देखेगी?

'मैं तुम्हें बोस्टन ले चलूँगा, बेटी!' बड़े साहस से हरदयाल बीमार पुत्री के पलँग की पाटी के पास झुककर कहते—'वहाँ स्किन ग्राफ्टिंग...' अधूरा वाक्य ही उनके कंठ में, सहसा सिसकी बनकर अटक जाता। असहाय रुग्णा पुत्री का बीभत्स चेहरा उन्हें चुनौती दे उठता।

हरदयाल ने अस्पताल में भी पुत्री को बड़े शासन में बाँध लिया। मिलने वाले आते तो उन्हें बाहर से ही टरका देते। कामिनी की सखियाँ बारी-बारी से आकर कई बार लौट चुकी थीं। हारकर उन्होंने पूछना भी छोड़ दिया था। कम्मो को अस्पताल से छुट्टी मिली तो उसके घर पहुँचने से पहले ही उन्होंने उसके सब दर्पणों को अस्पताल और अनाथालय में बँटवा दिया। जिस घर में बीसियों दर्पण जगमगाते थे, वहाँ अब चेहरा देखने को एक फूटा आईना भी नसीब नहीं होता था। यहाँ तक कि दाढ़ी बनाने के लिए भी हरदयाल अपना शीशा सात ताले खोल, लुक-छिपकर ऐसे निकालते जैसे डाका डाल रहे हों। यही नहीं, उनके विभाग में, मध्यप्रदेश के आदिवासियों के एक जंगली इलाके में किसी कुख्यात नहर को बाँधने के लिए साहसी इंजीनियर की ढूँढ़ मची और कोई भी उस पिछड़े इलाके में जाने को राजी नहीं हुआ तो चट से हरदयाल ने अपना नाम दे दिया।

'यह क्या, हरदयाल!' उनके अफसर ने बड़े आश्चर्य से कहा—'तुम हमारे सीनियर अधिकारी हो, तुम्हें वहाँ कैसे भेज सकते हैं—आदमी का चेहरा देखने को तरस जाओगे...'

'ऐसी ही जगह जाना चाहता हूँ, सर!' हरदयाल की आँखें डबडबा आईं। अफसर सब समझ गया—बेचारा हरदयाल! अपने पूरे विभाग की सहानुभूति, विकलांगी पुत्री और असन्तुष्टा पत्नी को लेकर हरदयाल चले गए।

ठीक ही कहा था अफसर ने, ऐसा बीहड़ इलाका शायद कहीं ढूँढ़ने पर भी नहीं मिल सकता था। कहीं दूर-दूर तक फैले बाँस के झुरमुट थे, और कहीं थीं विषैले काँटों की झाड़ियाँ। बहुत दूरी पर तीन-चार रूसी इंजीनियरों के परिवार रहते थे जिनकी पत्नियों को रूसी भाषा के अतिरिक्त अन्य किसी भाषा का ज्ञान नहीं था। एक बार पत्नी को लेकर हरदयाल गए भी थे पर केवल मुसकानों का आदान-प्रदान अधिक समय तक चल नहीं पाया। कामिनी कमरे में ही पड़ी रहती, उसके कमरे में किसी को जाने की कभी आवश्यकता भी नहीं पड़ती। उसका कमरा एकदम सिरे पर था और भारी-भारी हरे पर्दों से वहाँ दिन-रात घटाटोप अन्धकार छाया रहता। ठीक जैसी टिटनेस के रोगी को सामान्य प्रकाश से ही भयावह कम्प छूटने लगती है वैसे ही पर्दा जरा-सा भी हिलता तो कामिनी चेहरे पर चादर खींचकर थर-थर काँपने लगती।

बड़े तड़के डैडी उसे घुमाने ले जाते। उस स्नेहभीनी आहट को वह पहचानती भी। उसका अधजला चेहरा देखकर, कभी जंगली आदिवासी कुछ कह न बैठें, इसी भय से हरदयाल तड़के ही उसे घुमा-टहलाकर लौटा लाते।

सभ्यता और संस्कृति से कोसों दूर उस एकान्त वनस्थली में भटकना कामिनी को बहुत अच्छा लगता था। लौटने को उसका जी ही नहीं चाहता था, पर हरदयाल को समय का विशेष ध्यान रखना होता था। लौटने में विलम्ब होना खतरे से खाली नहीं था। एक बार ऐसी ही भूल वह कर बैठे थे। कामिनी बड़ी दूर तक घूमने की जिद कर बैठी। लौटे तो आदिवासी स्त्रियों का झुंड-का-झुंड काम करने निकल पड़ा था। कामिनी को देखकर उनकी भयत्रस्त मुखमुद्रा और विचित्र फुसफुसाहट ग्राह्य करने के लिए, उनकी भाषा का ज्ञान होना आवश्यक नहीं था। एक चंचल किशोरी तो मुँह में आँचल ठूँसकर हँसने भी लगी थी। लज्जा और परिताप से हरदयाल का माथा झुक गया। हाय री मूर्खा जंगली छोकरी, तुझे क्या पता कि कुछ ही महीनों पहले उनकी पुत्री का-सा सुन्दर चेहरा दीया लेकर ढूँढ़ने पर भी नहीं मिल सकता था। उसी दिन से पिता-पुत्री का प्रातःकालीन पर्यटन ब्राह्म-मुहूर्त्त में आरम्भ कर, सूर्योदय से पहले ही समाप्त कर दिया जाता।

एक दिन नित्य नियमानुसार तड़के ही हरदयाल कामिनी को बुलाने गए तो कमरा खाली था। पहले उन्होंने सोचा शायद गुसलखाने में हो, पर वह वहाँ भी नहीं थी। दबे पैरों उन्होंने सब कमरे छान डाले, फिर हड़बड़ाकर छड़ी लेकर निकल गए। कई दिन से वह बाँध पर ले चलने के लिए मचल रही थी पर

जान-बूझकर ही हरदयाल टालते जा रहे थे। टालने का एक कारण भी था। तीन-चार सुन्दर नौजवान इंजीनियर वहीं कैम्प लगाकर दिन-रात काम करते थे। फिर आजकल के मातहत तो अफसर का आना शिकारी कुत्ते की तत्परता से सूँघ लेते हैं। कहीं उन्हें देखकर आ बैठे तो अनर्थ हो जाएगा। अब तक उनकी पुत्री के दुर्भाग्य का इतिहास उन्हीं के बँगले तक सीमित था। कामिनी के कमरे में ही हरदयाल ने संसारभर के मनोरंजन के साधन जुटाने की यथासम्भव चेष्टा की थी। एक-से-एक पत्रिकाएँ, रेडियोग्राम, रिकार्ड-प्लेयर—सबकुछ ही तो था, पर कामिनी क्या एक भी पत्रिका के पन्ने उलटकर देखती थी?

उसका यौवन अकाल-मृत्यु को प्राप्त हो गया था और अकाल-मृत्यु को प्राप्त युवा प्राणों के प्रेत को क्या कभी शान्ति मिलती है? आज कहाँ ढूँढ़ेंगे उस भटकती आत्मा को अब? बेचारी लड़की, इस उम्र में क्या पिता के साथ घूमना अच्छा लगता है? ऊब गई होगी—हो-न-हो, वह निश्चय ही बाँध की ओर ही गई होगी।

उनका अनुमान ठीक था। नहर के पास ही एक बड़े से पत्थर पर मूर्ति-सी कामिनी बैठी थी। दोनों पैर नहर में लटकाए कामिनी ही तो थी। नहर की कच्ची कगार पर भला ऐसे कौन बैठता है। अभी दो माह पूर्व एक मजदूरनी गारे की टोकरी सहित इसी कगार से नीचे फिसलकर बह गई थी। उसी दिन से यह ऊँची चट्टान धर दी गई थी—एक लाल नन्हीं खतरे की झंडी भी तो फहरा रही थी वहाँ। फिर भी कामिनी वहीं जाकर बैठ गई।

'कामिनी बेटी, तुम यहाँ कैसे पहुँच गईं! देखती नहीं खतरे की झंडी लगी है।' चिन्तातुर हरदयाल ने बड़े ही चातुर्य से बातों में बाँधकर पुत्री को हाथ पकड़कर पीछे खींच लिया।

'आपने मुझे यहाँ ढूँढ़ लिया, डैडी!' वह हँसी, साथ ही उसके जले गाल का अर्ध-चन्द्र बना घाव भी हँसने लगा—'खतरा जब आता है, लाल झंडी हिलाकर नहीं आता, डैडी!'

'क्या कर रही थी यहाँ?' हरदयाल के चेहरे पर हवाइयाँ उड़ रही थीं, जरा-सी देर होती तो न जाने क्या अनर्थ कर बैठती लड़की।

'पूछते हैं क्या कर रही थी? अपना चेहरा देख रही थी, डैडी! मेरे सारे दर्पण आपने तोड़-ताड़कर फेंक दिए पर इस दर्पण को पत्थर भी नहीं तोड़-फोड़ सकता।' उसने एक बड़ा-सा ढेला उठाकर नहर में फेंका। छपाक से पत्थर ने

लहरों में भयावह विस्फोट-सा कर दिया।

साथ-साथ खड़े, पिता-पुत्री के प्रतिबिम्ब का साया जलराशि में टूट-टाटकर फिर उभर आया।

'देखा ना?' वह फिर हँसी—'इस दर्पण में आज पहली बार मैंने अपना चेहरा देखा है। मेरे पिछले जन्म-दिन पर आपने मुझे ऐसा दर्पण दिया था जिसमें चेहरा दुगुने आकार का, एक हास्यास्पद चेहरा दिखने लगता था—याद है आप मेरा चेहरा उसमें देखकर बड़ी देर तक हँसे थे। इस दर्पण में भी चेहरा ठीक वैसा ही दिखता है पर आज आप हँस नहीं सकेंगे, डैडी...'

'घर चलो, कामिनी!' हरदयाल को उस निर्जन स्थान में पुत्री के चेहरे का घाव और भी भयावना लगने लगा।

'चलती हूँ डैडी, घबरा क्यों रहे हैं? आपका एक छोकरा इंजीनियर तो तड़के ही ड्यूटी पर आया था। मुझे देखा तो चीखकर उल्टे पाँवों भाग गया।' वह फिर हँसी—'शायद मुझे मजदूरनी का प्रेत समझकर भाग गया।'

उसने एक बड़ा-सा ढेला फिर अपने प्रतिबिम्ब पर दे मारा, जलराशि सिकुड़ी-सिमटी, फिर एकाकार हो गई।

पिता-पुत्री के प्रतिबिम्ब का स्पष्ट चित्र फिर उभर आया।

'इस दर्पण को आप बाँध भले ही लें,' एक लम्बी साँस खींचकर कामिनी होंठों-ही-होंठों में बुदबुदाई—'तोड़ नहीं सकते।'

भारत के विभिन्न प्रान्तों की अपनी वेगवती नहरों को अपने बुद्धि-कौशल से बाँधनेवाला नहरों का इंजीनियर, उस जंगली इलाके की एक तुच्छ नहर के सम्मुख सिर झुकाए, विवश, चुपचाप खड़ा रह गया।

●●●